GRANDES ESCRI

Colec

Luis

José Gerar

JUAN EMILIO ARAGONES

BRECHT

E. P. E. S. A.

Esta edición es propiedad
de EPESA. Ediciones y Publicaciones Españolas, S. A.
Oñate, 15 - Madrid - 20.

I. S. B. N.: 84-7067-212-6.
Número de Registro: 7.476 - 74.
Depósito Legal: M. 25.882 - 1974.

Impreso en España por AGISA.
Tomás Bretón, 51 Teléf. 228 67 28. Madrid - 7.

BERTOLT BRECHT: DISGRESION PREVIA

«Pero el examen de la obra de Brecht puede conducirnos a sorpresas de este tipo: existe una obra breve, Los fusiles de la madre Carrar *(1937), que el propio autor, por única vez, calificó de «teatro aristotélico». Es que el escritor solía ser más flexible que muchos de sus glosadores.»*

ALBERTO CIRIA

Ninguna puntualización resultaría más acorde con el propósito que ha prevalecido en mi ánimo al disponerme a escribir este libro que la expresada en la transcrita frase de Alberto Ciria. Porque, en efecto, Bertolt Brecht fue lo que fue —un hito en la dramaturgia contemporánea— y no lo que los brechtianos pretenden hacernos creer que ha sido: principio y fin del teatro de todos los tiempos, revolucionario de la ética y de la estética de la escena —algo así como un sábelotodo dramático— y, sobre todo, ideológico de una sola y granítica pieza.

Si al llegar a la última página los lectores de este *Brecht* no comparten los estímulos que me animaron a escribirlo, habré fracasado en lo que considero más importante, pues mi actitud es la de un fervoroso partidario del teatro del gran dramaturgo que intenta salir al paso de quienes —quizá suponga imprudencia temeraria insinuar que movidos por imperativos extrateatrales— persisten en presentárnoslo como manifestación extrema del único sendero posible hoy por hoy para el teatro, que Brecht transitara con plena certidumbre de su viabilidad y ninguna dubitación. Por el contrario, entiendo que justamente son sus íntimas contradicciones, sus lacerantes dudas y renuncias, y el denodado esfuerzo que hizo por superar unas y otras, las columnas capitales sobre las que se basa la grandeza humana y la genialidad artística de Bert Brecht, coronada ésta por hallazgos dramáticos de primera magnitud, y no sólo el otrora tan cacareado «efecto de extrañamiento». No son pocos, sino legión, los seguidores, epígonos y presuntos discípulos del maestro de Augsburgo, que a los pocos años de su muerte ya se han pasado con armas y bagaje —léxico de militancia que viene pintiparado— a la tesis contrapuesta, a la llamada «participación», sin advertir que no es sino una variante, mucho menos sutil, de la técnica brechtiana. Y es que, en definitiva, el teatro no fue para Brecht otra cosa que una sucesión arriscada de experimentos y tentativas —sustentados siempre por una poesía de infrecuente calidad—, aunque dos hayan quedado como las experiencias más insistentemente abordadas: didactismo y teatro épico. Y, de las dos, los turiferarios de turno señalan sus preferencias —dramáticamente válidas— por la segunda, y la proponen como límite absoluto de la perfección en la inventiva escénica, con lo que no consiguen sino invalidar en parte cuanto de razonable había en su predilección. Bien se ha visto en el radical cambio de su actitud cuando grupos como el «Living Théâtre» y otros de jóvenes no menos airados que los intérpretes regidos por el matrimonio Beck-Malina, les han hecho ver que acaso la «participación», entendida a la manera más provocativa y directa, pueda suponerles un alcorce hacia la meta deseada.

Pero tampoco quisiera que la actitud resueltamente polémica que desde estas páginas iniciales —y para que nadie se llame a engaño— adopto frente a los epígonos de Brecht, pudiera ir en detrimento de las cualidades y de la calidad del autor germano. Tras las anteriores puntualizaciones, es llegado el momento de manifestar la admiración que siento hacia el autor de *El círculo de tiza caucasiano* y tantas otras piezas magistrales, y añadir, por si alguna duda cabe respecto a la intencionalidad con que acometo esta empresa, que posiblemente en lo ideológico se me advierta un tanto distanciado de las premisas brechtianas, mas agregando de inmediato que no estoy nada cierto de que en la parcela política sean tan abismales las diferencias como para resultarme inaprehensible su significación. Y, en último término —como más adelante espero que habrá de verse—, abrigo la certidumbre de que la mutua dedicación al teatro —creadora y analítica, respectivamente, y salvadas las distancias de rigor— constituirá el necesario vínculo para que pueda dar una visión cordial de Brecht y de la actitud de protesta conflictiva que, de alguna manera, encarna.

Porque ocurre que, a diferencia de algunos manejadores sin tino del incensario, para mí el teatro es un arte total, a cuyo servicio todos los factores concurrentes son lícitos; el hecho teatral es un todo articulado que sólo adquiere verdadera entidad tras la representación encomendada a determinado conjunto interpretativo que el director supervisa. El autor está en el texto. Y todo lo demás —movimiento escénico, expresividad corporal, situaciones, corporeización de los personajes, escenografía, ritmo dramático, etc.— ha de confiarlo a los otros factores de ese complejo arte que es el teatro. Y todos influyen para que cuantos participamos —activa o pasivamente— en la ficción, ante la sorpresa apabullante del experimento, lleguemos a poner en tela de juicio cuáles son de veras nuestro propio ser, nuestra escala de valores convivenciales y las características de nuestra sociedad: si los de la invención representada o los de la realidad en que vivimos.

A este respecto, no estará de más recordar que el mismo Brecht, afanado en popularizar su obra al máximo, en los años de autor primerizo prestó sin vacilar su concurso al teatro de cabaret y a cualquier otro género de manifestación expresiva que le permitiera comunicarse de algún modo con el auditorio, sin parar mientes en cuál fuese la capacidad receptiva del mismo. El ya citado Alberto Ciria escribe en el mismo estudio preliminar al importante libro sobre Brecht, que, compilando trabajos de diversos autores y originales brechtianos, publicó la editorial Jorge Alvarez, S. A., en

1967: «Sin pretensiones de dómine, sin ortodoxias ceñidas, con el gran humanismo revolucionario que le animó, lo que el artista tenía que ofrecernos era más bien interrogantes lúcidos y radicales, que respuestas tranquilas e ilusorias. *La solución que aquí se ha presentado es solamente UNA de las soluciones concebibles del problema, que puede expresarse de la siguiente manera: ¿Cómo puede resultar el teatro a la vez instructivo y capaz de entretener? ¿Cómo se le puede divorciar del tráfico de narcóticos espirituales y transformarlo de una casa de ilusiones en una casa de experiencias? ¿Cómo puede el hombre de nuestro siglo, esclavizado e ignorante, con hambre de libertad y hambre de conocimiento; cómo puede el hombre torturado y heroico, sometido a abusos, e ingenioso, cambiante y capaz de cambiar al mundo de este grande y espantoso siglo, conseguir su propio teatro, para que le ayude a ser amo del mundo y de sí mismo?*» (Párrafo transcrito de la conferencia que sobre el teatro experimental pronunció Brecht ante un auditorio universitario de Estocolmo en mayo de 1939). «La cuestión, por supuesto —concluye Ciria—, sigue abierta, pero sobre bases más firmes. Y es notable el esfuerzo intelectual de Bertolt Brecht en la búsqueda de su eventual resolución, que escapa —como bien se comprende— a los límites específicos del teatro y de la teoría teatral.»

Resultan por demás significativas y, más que eso, emocionantes, las preguntas que en deliberada sucesión opuso Brecht —ya en 1939, cuando a su existencia le restaban todavía tan amargas decepciones— al radicalismo de los estudiantes suecos, para cuyo juvenil entusiasmo tan diáfana estaba la solución.

Por todo lo escrito, puede más que entreverse que no ha de ser ésta una apología al uso del dramaturgo Brecht, sino un meditado y sincero homenaje al incesante buceador de nuevas sendas teatrales —en las que a la novedad añadió una acabada perfección formal, aun a costa de incurrir en contradicción con sus propios presupuestos teóricos—, y al autor de obras cuya grandeza estriba en sí mismas y no en adjetivaciones políticas que le han de venir dadas por añadidura. Y, sobre todo, aquí se procura el fervoroso examen de un talante que pudo acceder a las apuntadas contradicciones entre vida y obra, y hasta llegar a alguna que otra humanísima contradicción —al fin y al cabo, le correspondió vivir un tiempo-puente, en el que el pan nuestro de cada día fue la incertidumbre—, pero que en ningún momento traicionó al arte al que entregara su fenomenal inteligencia dialéctica y poética: el teatro, que a través de su producción se ensancharía hacia nuevos horizontes y refulgentes hallazgos, vistos en profundidad.

Consecuentemente, no ha de creer el lector que se halla ante una biografía —más o menos encapsulada— del «pobre B. B.». Tampoco ante una revisión condicionada de su obra y de su pensamiento. No. Las páginas que siguen tendrán algo de las tres facetas vistas interrelacionadamente, porque en Brecht, vida, obra y pensamiento, son como los soportes del trípode sustentador de un genio que, para su comprensión veraz, necesita el examen conjunto de las columnas que lo sostienen. La extensión y la intensidad dedicadas a cada una de ellas vendrán impuestas por su propia capacidad sugeridora. Pero ha de quedar desde ahora bien sentado que no habrá concesiones a actitudes tan igualmente retrógradas como lo puedan ser la defensa del *arte por el arte* o la de una interpretación exclusivamente materialista de la estética, pues una y otra se encuentran desfasadas, y lo que importa es la averiguación de un término medio que pueda conciliar las dos posiciones extremas, sin más limitación que la referida a la brevedad de los volúmenes constitutivos de esta colección de impronta divulgadora... y sin necesidad de arrimar ascua alguna a determinada sardina ideológica, como con frecuencia —por una parte usual y de la otra desusadamente excesiva—, han venido haciendo los brechtianos de profesión, especialmente a partir del 14 de agosto de 1956, fecha de la muerte del autor de *Madre Coraje*.

Y tras esta disgresión —quizá enfadosa, pero en modo alguno gratuita, me parece—, es llegada la hora de entrar en materia. La función va a empezar...

intensidad dedicadas a cada una de ellas vendrán impuestas por su propia capacidad sugeridora. Pero ha de quedar desde ahora bien sentado que no habrá concesiones a actitudes tan igualmente retrógradas como lo puedan ser la defensa del *arte por el arte* o la de una interpretación exclusivamente materialista de la estética, pues una y otra se encuentran desfasadas, y lo que importa es la averiguación de un término medio que pueda conciliar las dos posiciones extremas, sin más limitación que la referida a la brevedad de los volúmenes constitutivos de esta colección de impronta divulgadora... y sin necesidad de arrimar ascua alguna a determinada sardina ideológica, como con frecuencia —por una parte usual y de la otra desusadamente excesiva—, han venido haciendo los brechtianos de profesión, especialmente a partir del 14 de agosto de 1956, fecha de la muerte del autor de *Madre Coraje*.

Y tras esta digresión —quizá enfadosa, pero en modo alguno gratuita, me parece—, es llegada la hora de entrar en materia. La función va a empezar.

I

DE LA BUENA CUNA A LA SUBVERSION

... Pero
al llegar a mayor y ver lo que me rodeaba
no me gustó la gente de mi clase,
ni dar órdenes ni ser servido.
Y dejé mi clase y me uní
al pueblo llano.

BERTOLT BRECHT (1)

La función da comienzo el 10 de febrero de 1898. El hogar de una familia protestante de Augsburgo —ciudad mayoritariamente católica— se incrementa en dicha jornada con el nacimiento del niño Bertolt Eugen, que venía en el seno de una familia muellemente instalada en el bienestar económico: el padre, director de una fábrica papelera, y la madre, hija de un alto funcionario de la Selva Negra.

Con tales premisas, fácil es deducir que los primeros años de Brecht transcurrieron en la

(1) *Perseguido por buenas razones* (1939), del libro *Poemas y canciones*, Editorial Horizonte, S. L. Barcelona, 1964. Versión española de Jesús López Pacheco.

placidez burguesa pertinente: estudios primarios, bachillerato, etc. Como él mismo ha rememorado en poemas y obras dramáticas, en sus años de niñez y pubertad se acostumbró a dar órdenes y ser obedecido sin rechistar por personas mayores que prestaban servicio en la casa de sus bienpudientes padres. Ya en 1922, después del estreno de *Tambores en la noche*, obra por la que obtuvo el premio «Kleist» —la más importante distinción teatral alemana de aquel entonces—, Brecht evocaría con talante bienhumorado no exento de descaro aquellos años, todavía próximos en el tiempo, mas ya tan distantes psicológicamente: «La escuela elemental me aburrió durante cuatro años. En los nueve años que pasé en un instituto de Augsburgo no logré hacer avanzar sensiblemente a mis profesores. En la Universidad me matriculé en medicina y aprendí a tocar la guitarra. En la época del instituto el ejercicio de toda clase de deportes me produjo una lesión de corazón que me hizo conocer los secretos de la metafísica» (2).

Al empezar la 1.ª Guerra Mundial del presente siglo, Brecht tenía dieciséis años y estaba cursando el bachillerato superior. De entonces data una vibrante croniquilla, publicada por el alevín de escritor en el periódico *Augsberger Neueste Nachrichten*, reveladora de hasta qué punto estaba aún sometido al influjo del ámbito familiar, tan despreocupadamente adscrito a la burguesía.

---

(2) *Bertolt Brecht*, por Paolo Chiarini. Ediciones Península. Barcelona, 1969. Traducción española de Jesús López Pacheco.

Pero el dispositivo escénico va a registrar de inmediato un brusco viraje. Porque tan natural es que el inexperto muchachito de dieciséis años dispusiera sus armas dialécticas en orden de combate frente a quienes presuntamente atentaban al honor de Alemania, su patria, nación que —son palabras de Bert en aquel inflamado artículo— «sólo a Dios temía», como lógico resulta el que, al ser incorporado a la lucha como sanitario o enfermero, por su condición de estudiante de Medicina, el adolescente espíritu madurase a marchas forzadas y fuera evolucionando hacia posiciones más enraizadas en la realidad, hasta regresar del frente de batalla con un estado de ánimo contrapuesto al que lo embargaba al principio de la conflagración.

Sin embargo, me parece simplista en exceso la generalizada tesis de no pocos tratadistas que atribuyen la evolución ideológica del joven Brecht al cúmulo de sensaciones inherentes a su ingrata misión sanitaria: recogida de cadáveres mutilados, primeras curas a heridos, etcétera, porque si es cierto que todo aquello suponía una visión de la guerra desde su perspectiva menos propensa al heroísmo y a la idealización, no hay razones válidas para afirmar decididamente que la reacción de Brecht hubiera sido distinta en el caso de haber participado en las peripecias bélicas en calidad de combatiente. Me da el pálpito de que su inconformismo provenía de más hondas raíces.

A fin de cuentas, si es verdad que la crisis de valores subsiguiente a los años inmediatamente posteriores a la durísima contienda afectó a la casi totalidad de sus partícipes, dejando en ellos indelebles huellas —de uno u otro signo—, también lo es que muy pocos se vieron afectados en medida e intensidad parangonables a las del hipersensibilizado Bertolt Brecht. De la conmoción psíquica verificada en el ánimo del gran poeta y magistral dramaturgo en agraz es buena prueba su inmediato alineamiento —no afiliciación, todavía— junto a los débiles, a los pobres, a los proletarios que malcomían del insuficiente salario con tanto esfuerzo y tantos sudores ganado.

Del frente a las barricadas

Bertolt Brecht fue al frente de guerra como sumiso miembro de una familia burguesa, sólo temorosa de Dios y de la masa proletaria, y volvió del conflicto bélico emancipado al extremo de enfrentarse —bien que no abiertamente— a sus padres, pasando a formar parte de un estamento social e ideológico situado en la acera de enfrente. No podían comprenderlo el director fabril y la hija del alto funcionario. Era imposible, no ya que aprobaran su actitud, sino tan siquiera que viesen con benevolencia la participación de Bert, acabada la guerra, en un subversivo Consejo de soldados y obreros de Augsburgo. Y el joven va más allá: interviene en desfiles revolucionarios e incluso se encuentra en las barricadas espartaquistas del enfrentamiento civil entre alemanes derrotados que duraría quince años, hasta el advenimiento y triunfo de Hitler. «Pero —escribe Desuché— Brecht no ve en ello más que el absurdo, historias de locos en un mundo en putrefacción. La revolución proletaria no es todavía lo suyo: se hunde en el cinismo y en el nihilismo. ¡Que Liebknecht, Rosa Luxemburgo, Willhem Pieck vayan a la cárcel o se rebelen, allá ellos! El hombre vive y muere como una bestia; que desconfíe de todas las seducciones que quisieran apartarlo del placer y hacerle creer en la vida» (3).

Ya iremos viendo cómo Brecht se quedó siempre en los aledaños de la auténtica revolución del proletariado o, al menos, no llegó a entrar en ella de manera resueltamente comprometedora, tanto en su obra dramática como en su ejecutoria vital. Respecto a la primera, conviene dejar claro desde ahora que ni el teatro épico ni el efecto de distanciación son fórmulas exclusivamente marxistas. Y mucho menos el didactismo inicialmente propugnado.

«Afortunadamente para nosotros —arguye Peter Demetz, profesor de literatura alemana en la Universidad de Yale y crítico literario—, Brecht continuó cometiendo algunos de los pecados de sus maestros expresionistas. Aunque algunas veces estuvo dispuesto a exhortar a sus desdichados contemporáneos *a que abrazaran al carnicero* y condescendía a producir propaganda política al servicio del régimen de Ulbricht, no claudicó en lo esencial de su teatro. El Partido Comunista Alemán no podía imponer su voluntad a un poeta que vivía en California, y el régimen de Ulbricht tenía sus propias razones para cortejar al exiliado vuelto al país, que tenía tantos amigos en Alemania Occidental. Gracias a su astucia y a su buena suerte

---

(3) *La técnica teatral de Bertolt Brecht*. Jacques Desuché. Prólogo a la edición española de Ricard Salvat. Oikos-tau, Barcelona, 1966.

política, Brecht *pasó a ser* el único dramaturgo de la esfera comunista que no se sometió a las doctrinas y exigencias de Zhdanov» (4).

A su tiempo veremos cómo esta actitud de insumisión se manifestó muy claramente en ocasión del lenvantamiento de los obreros berlineses contra Ulbricht, el 17 de junio de 1953. Pero no cabía esperar otra reacción en el dramaturgo porque, como en atinado análisis precisa Jürgen Rühle, por lo mismo que Bertolt Brecht «se ha quedado fuera del sistema totalitario, es precisamente por lo que ha tenido la posibilidad de hacer reflexiones críticas» (5).

En su extrañamiento de los sistemas totalitarios y en la consecuente facilidad para efectuar reflexiones críticas radica el acibarado drama personal de Brecht, que habría de reflejarse con paralela intensidad en su trayectoria humana y en su producción dramática. (Una producción, por cierto, que si bien primó siempre sobre su peripecia vital, no alcanzó la merecida universalidad sino a raíz de la muerte de Brecht, en 1956, pese a haber sobrevivido a la derrota del nazismo). Después de haber saboreado el éxito que obtuvo su *Opera de perra gorda* —uso la traducción del título que patentó Alfonso Sastre, por creerla de mayor equivalencia con el original: *Die Dreigroschenoper,* que la más extendida de *Opera de dos centavos*—, clamorosamente triunfadora en Berlín cuando allí fue estrenada en 1928; el advenimiento de Hitler

---

(4) *Brecht.* Compilación de autores varios. Editorial Jorge Alvarez, S. A. Buenos Aires, 1967.

(5) *Literatura y revolución.* Jürgen Rühle. Traducción española de Manuel Orta Manzano. Luis de Caralt. Barcelona, 1963.

al Poder lo redujo a la condición de hombre clandestino, primero, y en seguida a la de exiliado. Mas su destino no mejoraría —sino a trueque de tan vergonzantes a la vez que legítimas concesiones— cuando, finalizada la Segunda Guerra Mundial en 1945, se encontró al frente del «Conjunto Berlinés»... y ante un totalitarismo censor que, no por la circunstancia de serle afín y de signo opuesto al nazista, dejaba de presentarle dificultades para su libertad creadora.

Mas no efectuemos saltos cronológicos que pudieran resultar o nocivos... o peligrosos, en cuanto algún lector dé en atribuirles tendenciosidad. Y volvamos al Brecht de la posguerra.

Inconforme y exiliado

Procede aquí historiar la ejecutoria del ya emancipado Bertolt Brecht desde la peripecia de la disconformidad espartaquista hasta su forzado expatriamiento (1933), con mención de las obras escritas en dicho período, toda vez que conviene situarlas en la circunstancia personal en que fueron escritas, dada la íntima ligazón que se da como constante en Brecht entre vida y obra.

Hay que decir, ante todo, que el distanciamiento familiar al que hice referencia no tuvo otra causa que la ideológica. Ni desavenencias íntimas con los padres ni cualquier otro conflicto de índole hogareña, como lo acredita el hecho de que el joven Bert se sometiera a la voluntad paterna y, a contrapelo, siguiese la voluntad de su progenitor cuando éste le obligó a seguir los estudios médicos en la Universidad de Munich, el año 1919. No obstante, como quiera que la literatura y el arte imantaban a Brecht en mucha mayor medida que las aulas universitarias, hubo de ser precisamente en Munich donde se integrase en los grupos y movimientos vanguardistas. Traba rápidamente amistad con los escritores Walter Mehring y Johannes R. Becher, con el director Erich Engel, con la actriz Blandine Ebinger, e igualmente con Lion Feuchtwanger, a la vez que se exhibe en los *cabarets* de Trude Hesterberg y del cómico fantasista Karl Valentín. Y escribe —empieza a escribir— teatro: *Baal*, concluida en 1919, que se estrenó cuatro años después, en Leipzig, y *Tambores en la noche*, prontamente representada en Munich —1922—, con el aval de la obtención del premio «Kleist».

En este mismo año de 1922 viaja Brecht a Berlín y de la estancia allí brota su duradera amistad con Arnolt Bronnen, y también el breve matrimonio con Marianne Josephine Zoff, de cuyo enlace, disuelto cinco años después, nació en 1923 una hija, llamada Hanne Marianne, que pasado el tiempo resultará ser famosa actriz con el nombre de Hanne Hiob. En ese mismo año de 1923 estrena Brecht en Munich su obra *En la jungla de las ciudades*, concebida dos años antes.

Tenaz, porfiado y con precisa visión de futuro, por aquellos años consigue Brecht ser admitido como asiduo colaborador de Max Reinhardt y de Erwin Piscator, y con éste coopera en sus famosos experimentos dramáticos. Al rememorar Piscator aquel período en su libro *El teatro político*, editado en 1929, el revolucionario y dogmático director evoca a su joven amigo tal y como lo recuerda en el ensayo general de una obra de Leo Lanja: «Fuera se iba haciendo lentamente el día, el día en que habría debido tener efecto el estreno. Pálidos, con las caras soñolientas, sin lavar, sin afeitar, completamente agotados por un trabajo que desde hacía unas tres semanas apenas si nos dejaba un instante de pausa para comer y dormir, nos encontrábamos ante un drama que ya habíamos ensayado, que no podía ser modificado y que, sin embargo, no podíamos representar así. Fue la más dura prueba de resistencia para nuestros nervios que tuvimos que superar desde que nuestro teatro había empezado su funcionamiento. El único que, fumando eternamente su puro pardo, el gorro de piel calado descaradamente sobre la frente, parecía tranquilo, es más, casi alegre, era nuestro viejo amigo Bert Brecht... (6).

Es propósito de estas páginas dejar indeleblemente grabado en ellas un ahondador retrato físico y psicológico de Brecht en aquellos años.

En gracia a tal propósito, pido disculpas por la reiterada transcripción de textos ajenos, pertenecientes a quienes compartieron con él días y trabajos. Aún más colorista que el de Piscator (aunque no carece de importancia la tranquilidad y casi alegría observada en Brecht ante la frustración de un estreno... que acaso favorecía ulteriores planes brechtianos), es el perfil logrado por un crítico que convivió junto al dramaturgo. «Quizá —observa Willy Hass— ha-

(6) *Die Literatur* (1923/24), pág. 91, por J. R. Becher.

bría que hablar antes de la máscara de este hombre para comprender luego su fisonomía. En la época de sus grandes éxitos berlineses de los «años veinte» —*La ópera de perra gorda* y el *Libro de las devociones domésticas*—, no era difícil verlo, si uno se lo proponía, y vestido siempre igual. Llevaba una vieja, oscura, ajustada y gastada casaca de cuero, de esas que llevan todavía hoy los motoristas profesionales o los conductores que hacen largos trayectos. Pero debajo, al parecer, llevaba una camisa de seda muy cara, como sólo se la podían, y pueden, permitir los hombres con buenos ingresos. La cabeza solía llevarla rasurada al cero, como un condenado de Sing-Sing o un recluta. Lo más curioso era las pequeñas y sórdidas gafas con montura de alambre, de un tipo que ya no es posible encontrar en Berlín... Con cuidado extremo las sacaba cuando quería leer, las limpiaba, se las ajustaba a las orejas y volvía a guardarlas con no menos cuidado en el estuche. Se trataba, sin duda, de un disfraz, pero de un disfraz que caracteriza a diversos personajes. Había en él algo de secretísimo comisario secreto enviado por un departamento de agitación y propaganda de Moscú, que la fantasía popular se imaginaba entonces —y siempre— con chaquetón de cuero... Y siempre, aquella cabeza rasurada, aquella boca dura y casi sin labios, todo su rostro singularmente áspero, volvían a recordar los rasgos de un condenado de Sing-Sing. Era todo un baile de disfraces, con máscaras, gestos, *requisitos* todos en apariencia reunidos al azar y, sin embargo, bastante significativos. No encontraba ya nada, en aquel rostro, de la gran dulzura de muchas de sus poesías de amor y paisajísticas de un tiempo, nada del estupendo panteísmo animal de sus himnos pánicos. Brecht iba siempre disfrazado, del mismo modo que los niños se disfrazaban de indios; sólo el tono pedagógico producía una cierta sensación de sinceridad. Pero se podía comprender que causara impresión en las mujeres, pues en él había algo de gnómico. No obstante el disfraz, su aspecto no era en absoluto alegre. Más bien infundía temor. Su modo de hablar apodíctico y pedantesco me parecía siniestro precisamente porque no lograba descubrir la profundidad que habría sido la única cosa capaz de justificar aquella manera inconfundiblemente apodíctica...» (7).

Dejando a un lado el ennegrecimiento de no pocas tintas que Hass incluyó en el retrato del joven poeta y futuro gran dramaturgo, recargadas sin duda por discrepancias políticas entre el crítico y Brecht, parece que en lo fundamental no se aparta de la verdad, aun cuando a Hass le faltara perspectiva para advertir sobre la marcha la humanísima grandeza que habría de alcanzar el dramaturgo, tanto en su producción teatral —tan solidaria en lo fundamental— como en sus peripecias personales, induciéndole a confundir las motivaciones del nada apodíctico «disfraz».

Ese enmascaramiento que tan severamente enjuicia Willy Hass no era ni podía ser otra cosa, pienso, que la juvenil necesidad de expresar indumentariamente una postura artística y vital, una protesta conflictiva ante los condicio-

(7) *Storia della letteratura tedesca.* V. Santoli. Turín, 1955.

namientos sociales de su entorno: no hay que olvidar que en 1923 se produce el fallido pronunciamiento de Hitler, en el que Brecht figuraba entre las personas a arrestar. Así las cosas, la chaqueta de cuero y las sórdidas gafas con montura de alambre venían a ser la equivalencia de algunas barbas castristas surgidas en el rostro de no pocos dramaturgos novísimos... o de la barahúnda de exóticas y variopintas prendas que se embuten los *hippies*. Por lo que concierne a Brecht, hay que comprender que el uso de signos externos diferenciadores en jóvenes artistas e intelectuales que aún no habían tenido oportunidad de expresarse en su obra de creación, eran singularmente necesarios en un país caóticamente escindido en numerosos grupos tras la derrota bélica, en parcelamiento social e ideológico que las muy onerosas condiciones impuestas en Versalles habían agravado más.

En cuanto a esa aspereza y falta de alegría que tanto parecen encocorar a Willy Hass, las justificaría el propio Brecht —ya en el exilio— en el poema *A los hombres futuros*, escrito en 1938 y recogido en el ya citado libro *Poemas y canciones*, una de cuyas estrofas dice así, en versión de López Pacheco:

¡Qué tiempos éstos en que
hablar sobre árboles es casi un crimen
pues supone callar sobre tantos sufrimientos!
Ese hombre que va tranquilamente por la calle,
¿le encontrarán sus amigos
cuando lo necesiten?

II
PERSECUCION Y EXILIO

En la cronología de sus estrenos —inserta en uno de los «Apéndices» del libro— encontrará el estudioso la relación completa de las obras de Bertolt Brecht. Pero como quiera que, por las especiales circunstancias sociopolíticas que hicieron de este autor un hombre perseguido, primero, y exiliado, más tarde, no siempre coinciden las fechas de estreno con las de creación, al extremo de que alguna de sus obras tuvo que esperar más de veinticinco años hasta ser representada, entiendo que resulta pertinente dar ahora la lista de sus obras —omitiendo, por el momento, juicio valorativo alguno— escritas después de las ya citadas, en el decenio de su permanencia en Alemania, hasta el 28 de febrero de 1933, en que la abandonó con su familia, a las veinticuatro horas del incendio del Reichstag. (El 10 de mayo del mismo año, sus libros serían *purificados* por el fuego, en una gran hoguera dispuesta ante la Opera de Berlín.)

Junto a la relación de obras, irán algunos acontecimientos esenciales en la trayectoria personal de Brecht acaecidos en el mismo lapso. De este modo facilito la interrelación —ya he dicho que imprescindible para el total entendimiento del hombre— entre obra, vida y pensamiento del dramaturgo. He aquí, telegramáticamente, los avatares de Brecht en la década 1924-1933:

1924: Solicitado por Max Reinhardt para el Deutsches Theater, se establece en Berlín. Contrae nuevas amistades, especialmente entre los dadaístas; conoce a la actriz Helene Weigel —con la que se casará en 1928 y de la que concebirá dos hijos: Stephan ya en 1924 y Bárbara en 1930—. Inicia la redacción de la obra *Un hombre es un hombre* (en traducción de algunos, *Hombre por hombre)*, cuyo estreno —en Darmstadt— se demoraría hasta 1926.

1926: La contraída amistad con el sociólogo Fritz Sternberg induce a Brecht a un estudio concienzudo de las teorías marxistas. En este año empiezan a tomar consistencia doctrinal sus nuevas ideas doctrinales y el concepto del «teatro épico».

1927: Publica la recopilación de poemas *Libro de devociones domésticas,* del que en el mismo año extrae la adaptación de *La pequeña Mahagonny* que, con música de Kurt Weill, presenta al festival de Baden-Baden. Colabora con Erwin Piscator en la escenificación de *Aventuras del buen soldado Schweyk,* pieza basada en la novela de Haroslav Hâsek. Y se divorcia de Josephine Zoff.

1928: A los treinta años, Bertolt Brecht obtiene un clamoroso éxito con el estreno, en el Theater am Schiffbaurdamm, de la *Opera de perra gorda,* en colaboración con Kurt Weill. Alentados por el triunfal acogimiento de su obra en colaboración, reinciden ambos en *Apogeo y caída de la ciudad de Mahagonny* estrenada dos años después en Leipzig.

1929: En el libro ya citado de Jacques Desuché, *La técnica teatral de Bertolt Brecht,* hay un sintético apunte revelador del estado en que se hallaba la sociedad germana de la que el autor era miembro: «Alemania sigue conociendo la miseria, la inflación, el paro obrero, la ocupación, los disturbios sociales; la desigualdad de clases estentóreas, los comunistas van a la cárcel; el nacional-socialismo progresa en la violencia. Brecht se adhiere al materialismo histórico y dialéctico. Escribe entonces sus obras didácticas que contribuyen a purificar su técnica y su estilo». Sí, de entonces data el didactismo. En el Festival de Baden-Baden presenta *El vuelo de los Lindbergh, El vuelo oceánico* y *El convenio,* obras todas con música de Kurt Weill y de Paul Hindemith. Pergeña, además, los textos titulados *El que dice sí* y *El que dice no,* piezas de idéntico planteamiento y antipódicas soluciones que fueron representadas en Berlín y discutidas colectivamente en la escuela marxista de Neukölln.

1930: Comienza la publicación de unos cuadernos titulados *Experimentos,* en los que incluye obras teatrales, poesías, narraciones y ensayos teóricos. Termina *Santa Juana de los mataderos,* no representada escénicamente ¡hasta 1956! en Hamburgo, con dirección de G. Gründgens. Y, dentro de la línea didáctica, escribe *La decisión,* estrenada seguidamente en Berlín, y *La excepción y la regla.* Por entonces comienza su adaptación de *La madre,* según la novela de igual título de Gorki, que se estrenó en la capital de Alemania dos años más tarde.

1931: Escribe el guión de la película *Kuhle Wampe* (nombre de un barrio obrero berlinés), filme realizado por Slatan Dudow, con música de Hanns Eisler.

Y, en fin, 1932: Empieza la redacción de *Cabezas redondas y cabezas puntiagudas,* inmisericorde sátira del racismo nazi, que concluye en 1934 y será estrenada en Copenhague —donde residía el exiliado dramaturgo—, en 1936.

Contradicciones íntimas

Como se ha visto, el período de entreguerras fue de intensa actividad creadora para Brecht. Y, ahora sí, adentrémonos en su circunstancia personal, de acción no menos intensa. Bien ha de verse cómo las peripecias conflictivas se suceden, con sorprendente paralelismo, en las dos direcciones.

A partir del instante mismo de su emancipación familiar y definitivo alejamiento del medio social en el que había crecido —decisión tan comprensible, por obvias razones—, las contradicciones en las que, en su apasionada búsqueda de la verdad, incurre el dramaturgo, van perfilando en su personalidad el esbozo de una intermitente tragedia, susceptible ya de ser revisada con serenidad y respeto.

El desconcierto del veinteañero Brecht ante sus primeras inquietudes sociopolíticas, su resolutiva decisión de colaborar al advenimiento de un futuro mejor y la integridad moral con que se aprestó a hacerlo, necesariamente tenían que producir una sensación de desconcierto o sorpresa en los ambientes literarios y artísticos de aquella Munich de los años veinte, en la que convivían partidarios de todos los *ismos* de la época. Partícipe muy activo en las prolongadas discusiones tertuliares del «Toggelstube» —café muniqués de los artistas y literatos—, allí dialogó Brecht con el expresionista Wedekind, el mesiánico revolucionario Kurt Eisner, el dadaísta Walter Hehring, más algunos de los que tiempo adelante habrían de ser sus colaboradores teatrales —como el director Erich Engel y el escenógrafo Neher—, y también Arnolt Bronnen, su íntimo amigo.

Los escritores residentes en Munich eran, por lo general, en los años difíciles de la posguerra aquélla, socialistas en política y, literalmente, adscritos al expresionismo. Es decir, que adoptaban dos posiciones en apariencia igualmente revolucionarias, pero sin la menor posibilidad de simbiosis entre ambas a la hora de la verdad.

El avisado Bertolt Brecht advirtió a las primeras de cambio esta contradicción entre pensamiento y obra literaria. Y su convicción de que ésta debía responder sin subterfugios ni eufemísticas evasiones a los dictados de aquél, fue la causa primera de su pronto alejamiento de los módulos expresionistas para sustituirlos por una suerte de ironía corrosiva y hasta, en algún caso, pero jamás en la medida por él deseada, aniquiladora de la realidad circundante, que en tan alto grado le resultaba insatisfactoria. Se diría que, por entonces —y mucha duda cabe de que no fuera siempre así—, Brecht anteponía el teatro a la simultánea realidad social. Parece ser testimonio irrefutable de ello la pregunta que, en el transcurso de un debate político, hizo a Arnolt Bronnen, en 1922: «¿Qué te importa que los hombres se mueran de hambre? Hay que afirmarse, abrirse camino, tener un teatro en el que puedas representar tus obras» (8).

No resulta fácil conciliar esta postura insolidaria, desdeñosa y egoísta del dramaturgo con la aproximación de Brecht al comunismo, y ésta es otra —acaso la más lacerante— de sus contradicciones íntimas, no aclarada suficientemente por cualquiera de sus exégetas, pues incluso su evolución primera hacia el teatro didáctico —ya más constructivo que el nihilismo inicial— habría de ser, paradójicamente, mejor acogida en los círculos cristianos que entre los militantes comunistas. Mientras aquellos elogiaban la rigurosa ética de *El que dice sí,* dicha obra era severamente criticada... en la escuela «Karl Marx». Pero acaso la aparente sinrazón consista en que ni los aludidos círculos ni la citada escuela pararan mientes en que la almendra de la cuestión radicaba para Brecht en el

---

(8) *Bertolt Brecht.* Paolo Chiarini, edición ya citada.

instante en que, en la pieza *El que dice no*, el muchacho protagonista resuelve hacer caso omiso de «la gran costumbre» y rehúye el prescrito sacrificio...

Como muy certeramente apunta Roland Barthes, la moral de Brecht «consiste esencialmente en una lectura correcta de la historia, y la plasticidad de esta moral *(cambiar, cuando hace falta, el Gran Uso)* procede de la plasticidad misma de la Historia» (9).

Mas resulta obligado situar a la persona en su circunstancia. Y no deja de ser sintomático el hecho de que, por aquellos mismos años de residencia muniquesa de Brecht, fuese en la ciudad bávara donde se fraguase el partido nacionalsocialista, hasta el punto de haber podido considerarse a Munich como «la cuna del nazismo». ¿Quién sabe si no fue justamente la actividad literaria y artística —concentrada en las cervecerías muniquesas— lo que condujo a Hitler a fijar allí su residencia? Sin embargo, no tardaría el jefe nazista en advertir el peligro que para sus inmediatos planes políticos suponían Brecht y sus conmilitones amigos, al extremo de que, como ya queda dicho, en la suposición de no haber fracasado el pronunciamiento hitleriano de 1923, Brecht —y con él su colaborador Feutchwanger— habrían sido inmediatamente encarcelados, pues ambos figuraban en la relación de arrestos presuntos. Y aunque de momento el que resultó herido en la intentona y posteriormente llevado a la prisión

---

(9) *Ensayos críticos.* Roland Barthes. Editorial Seix Barral, S. A. Barcelona, 1967. Traducción de Carlos Pujol.

fue Hitler, los avatares históricos quisieron que, tan sólo diez años más tarde, alcanzase la Cancillería el fanático jefe nazi.

Semejante suceso iba a producir en el joven Brecht el explicable trauma anímico, transformado en decisiva y resuelta incompatibilidad tras el vidrioso episodio del incendio del Reichstag y posterior ejecución sumarísima de los disidentes nazis Rohem y Strasser. Aunque, cuando semejante *purga* —tan pareja a las de inducción stalinista— tuvo efecto, ya Brecht había optado por el exilio.

La convivencia en Munich del dictador nazi y del escritor liberal de izquierdas y popularista resulta tan sugeridora que no podía pasar por alto a quienes se han ocupado del dramaturgo augsburgués. Gilbert Badía, en su sintético ensayo *Caminos del joven Brecht* comenta así tal coincidencia: «En un cabaret de Munich recita (Brecht) su *Balada del soldado muerto.* No se puede dejar de pensar que en la misma época Hitler deambulaba por las cervecerías de la misma ciudad de la que acababan de ser expulsados los reyes de Baviera, encargado por los oficiales de reagrupar a los desmovilizados para enrolarlos en las brigadas reaccionarias. Quizá los dos hombres se conocieron en ese momento. En todo caso, cuando el 10 de mayo de 1933 los nazis quemaron públicamente las obras de Brecht, imputaron a nuestro autor precisamente este crimen, el de haber escrito la *desmoralizante* leyenda del soldado muerto» (10).

---

(10) Del libro *Brecht* —Jorge Alvarez, S. A.—, ya citado.

Una protesta conflictiva

Moría la bondad en el país
y se iba haciendo fuerte la maldad.
Se abrochó los zapatos.

Empaquetó las cosas necesarias.
Pocas. Pero algo había que llevar.
La pipa en que fumaba cada noche.
El libro en que leía a todas horas.
Algo de blanco pan.

BERTOLT BRECHT (11)

El admirable poeta e incipiente dramaturgo ha huido de Alemania y, por primera vez acaso, se suscita en él la más acongojante de las contradiciones entre el ser y el pensar: por un lado, las circunstancias quieren que obligatoriamente sea el poeta y el dramaturgo del totalitarismo, y por otra parte, en virtud de no menos poderosas razones, el autor de *El circulo de tiza caucasiano, Madre Coraje, Galileo Galilei,* etcétera, ha de renunciar a su encasillamiento como dramaturgo marxista... dogmatizante.

Las ennubladas razones de semejante anomalía han sido quizá aclaradas en la objetiva visión que del hecho ofrece Jürgen Rühle, en su citado libro *Literatura y revolución,* donde hay un párrafo que se antoja esclarecedor al respecto: «Porque al régimen por él tan deseado, no le gusta que sus manejos sean puestos de-

(11) Poema escrito en 1937. Inserto en el libro *Poemas y canciones,* ya citado.

masiado de relieve a la claridad de una luz científica, sino que prefiere el amistoso y velado resplandor de la hermosa apariencia, no desea un teatro que ilustre, sino un teatro culinario. Porque serán muy pocos los hombres que contemplen gustosamente la mecánica helada e inhumana del sistema totalitario, tal como Brecht nos la presenta ante los ojos; la mayoría, sobre todo las masas, a las que hay que ganarse, miraría con horror y no con fascinación... Por eso el teatro de Brecht no tiene sentido en el interior del santuario, donde se movería como un reflector en una atmósfera de luces de cirios y nubecillas de incienso, sino delante de la puerta, donde, como rojos faroles, puede atraer a los peregrinos curiosos en el círculo encantado del nuevo dios».

Y, yendo por derecho al meollo conflictivo, prosigue Rühle: «Con su sentido sismográfico para las peculiaridades totalitarias, Brecht comprendió muy pronto esa precaria situación. *Sin dejarse confundir lo más mínimo en sus simpatías, se abstuvo, sin embargo, de entrar en contacto demasiado estrecho con el objeto de sus alabanzas.*» (Esta última frase en cursiva es un subrayado mío, en gracia a la sutil perspicacia de Rühle al concebirla.)

Subrayado que califica, más que la producción brechtiana, algo que en este capítulo importa más: la personal actitud del «pobre B.B.», el mismo que, cuando la depuración soviética de 1937, en la que tantos y tantos ideólogos marxistas fueron ejecutados por el stalinismo dictatorial entonces imperante, opinaría: «La sana campaña contra el formalismo, tal como se lleva ahora a cabo en la Unión Soviética, ha hecho posible la ampliación productiva de las formas en el arte».

Actitud tan flexible y acomodaticia es posible que originara en Brecht —en lo más auténtico de su clarividente inteligencia— las íntimas contradicciones a las que apuntan esta investigación, pero le habría de permitir la compaginación del implícito elogio de multitudinarios crímenes con su proclamada animadversión a la violencia, justamente en pieza tan concebida a la mayor gloria del marxismo, como lo es *La decisión,* escrita en 1930:

Matar nos causa horror.
A pesar de todo, matamos, no sólo a los demás, sino a los nuestros, si es necesario.
Y sólo la violencia puede transformar
este mundo asesino: todo aquel
que vive lo sabe.
Todavía no nos está permitido, decíamos, no matar.

La dialéctica brechtiana consigue aquí la inobjetable ortodoxia que lo atenaza a la doctrina marxista y en la que, por otra parte, habría de hallar el único asidero mediante el que solidarizarse con los otros para el simultáneo abandono de su trágica soledad. De ahí, posiblemente, viene una ciertamente exasperada comparación entre individualidad y militancia, constatada en la apología que del comunismo realiza, también en *La decisión:*

Cada camarada tiene dos ojos,
el Partido tiene mil.
El Partido conoce tres continentes,
cada camarada conoce una ciudad.
Cada camarada tiene su hora.
El Partido, en cambio, tiene mil veces su hora.
Cada camarada puede ser aniquilado,
pero el Partido no puede ser aniquilado.

Mas ocurre que una cosa es predicar y otra muy distinta dar trigo. Por eso, Brecht, que además de marxista teórico era un liberal inteligente, cuando el triunfo de Hitler motivó su exilio, lejos de buscar refugio a su infortunio personal en el país cuyo régimen tan ditirámbicamente exaltara, fue a instalarse sucesivamente en Checoslovaquia, Austria, Suiza, Dinamarca, Suecia y Finlandia, para, ya en 1941, cuando la progresiva expansión nazi cercaba de riesgos su permanencia en cualquier país democrático o progresista de Europa, puso pie en la Unión Soviética para atravesarla rápidamente de Norte a Sur, y después de lo que, rizando el rizo del eufemismo, hemos dado en decir «cruzar el charco», fue a fijar su residencia en los supercapitalistas Estados Unidos de Norteamérica y en ciudad tan frívola como Hollywood.

Esta visita del dramaturgo a la Unión Soviética es reflejada por la generalidad de las biografías o estudios que sobre Brecht se han publicado, pero no faltan disidentes que señalan una breve estancia del autor alemán en Moscú seis años antes, es decir, en 1935. Por ejemplo, Hans Egon Holthusen, quien, refiriéndose a la dudosa originalidad del tan aireado «extrañamiento» o «efecto V», aclara: «Tampoco el concepto de *Verfremdung* es una invención de Brecht. Es una traducción de la palabra rusa *ostranenije,* que el esteta Víctor Schklowski, uno de los dirigentes del formalismo ruso, había propuesto ya en un ensayo sobre *El arte como percepción de lo artístico,* para designar la transformación de una sensación que se ha vuelto «cotidiana» o «automatizada» en una sensación poéticamente percibida y poéticamente visionaria. Este ensayo ha sido reeditado en varias ocasiones, entre otras en el libro del mismo Schklowski *Sobre la teoría de la prosa* (Moscú, 1925), que se considera una obra capital de la escuela formalista, y es de suponer que, incluso en los años del «realismo socialista» oficial, el concepto de *ostranenije* en Rusia no quedó relegado al olvido. A su regreso de Dinamarca, en 1935, Brecht hizo por primera vez una visita breve a Moscú, y en esta ocasión —como supone el investigador inglés John Villett— pudo muy bien oír esta palabra y es probable que se le apareciese como una brillante definición de su propia idea teórica favorita» (12).

De la transcripción se deduce claramente que no hay plagio de idea por parte de Brecht, sino hallazgo del vocablo que mejor definiese la teoría por Brecht elaborada. (Lo aclaro en cura de quienes puedan achacarme un deliberado propósito de despojar al dramaturgo de la más válida de sus teorías dramáticas.)

---

(12) *Brecht.* Hans Egon Holthusen. Editorial Seix Barral, S A. Barcelona, 1966 (2.ª edición). Traducción de Nuria Petit.

Ha sido muy debatida la circunstancia —a mi juicio, secundaria— de que Brecht se adhiriese o no a la disciplina del partido comunista. Según confesión propia, testimoniada el 30 de octubre de 1947 ante la Comisión de Actividades Antinorteamericanas de USA, en ningún momento figuró como militante del partido, lo cual no quita para que algunas de sus obras sigan, en letra y espíritu, los postulados esenciales del marxismo.

Y es que si Brecht fue siempre, en su ejecutoria personal y en su producción dramática, una permanente paradoja de la protesta, lo fue más que nunca en esta etapa de la expatriación. Peregrino hacia una sociedad diametralmente opuesta a la preconizada en buena parte de sus obras y en otros escritos no dramáticos, justifica ante sí mismo lo que, de alguna manera, pudiese considerarse como una deserción, con un activo alineamiento en la lucha antifascista —quizá utilizando como eventualidad de urgencia—, expresado, por ejemplo, en su intervención durante el I Congreso Internacional de Escritores por la Libertad de la Cultura —París, 21 al 25 de junio de 1935—, titulada *Una constatación necesaria para la lucha contra la barbarie,* originalmente publicada en Praga, en el «Neue Deutsche Blätter» del 6 de agosto del mismo 1935, y reproducido más adelante —ya fallecido Brecht— en el cuaderno 15.º de las variopintas *Versuche* —Berlín, 1957.

Aquel Congreso fue la «primera gran manifestación de unidad antifascista, acorde con la línea de los Frentes Populares; trae a Occidente la fórmula del realismo socialista lanzada el año precedente en el congreso de escritores soviéticos, y se convierte en modelo de otros muchos congresos nacionales e internacionales y *Frentes de la cultura* que lo siguieron», según constata la nota de pie de página que acompaña a la transcripción del discurso de Bertolt Brecht en aquella oportunidad. Resulta singularmente expresiva la relación que en dicha nota se incluye de los participantes en tal Congreso, por cuanto en ella encontramos escritores que más adelante militarían en tan dispares ideologías como André Malraux, Louis Aragon y Boris Pasternak, o nada menos que Eugenio d'Ors alineado con Ehremburg y Koltzov...

Un combinado de veras inquietante para quien —con la perspectiva de 1973— vaya a creer en la perdurabilidad de las afiliaciones políticas e ideológicas del hombre.

Y un testimonio más de la parcela conflictiva en cuyo ámbito desarrolló aquel bienpudiente burgués nacido en Augsburgo su dramática literatura de protesta.

El lapso americano

El período en el que Brecht se ve obligado —¿obligado?— a refugiarse en USA es, sin duda, el de las más vergonzantes concesiones ideológicas. No es fácil concebir a un escritor marxista «vendiendo mentiras para los productores de Hollywood», según asevera que ocurrió durante 1942 José María Carandell —testimonio nada dudoso de fobia brechtiana—. Acaso el mejor sistema para comprender en toda su intensidad las dramáticas vivencias personales del dramaturgo durante su período americano, radique en la transcripción de las rememoradoras declaraciones ante la Comisión de Actividades Antinorteamericanas, el 30 de octubre de 1947. Con la sola adición de algunos comentarios circunstanciales, las transcribo a continuación, tal y como figuran en el libro *Brecht*, de la Editorial Jorge Alvarez, S. A., publicado el año 1967 en Buenos Aires, y ya citado.

«DEL TESTIMONIO DE BERTOLT BRECHT ANTE LA COMISION DE ACTIVIDADES ANTINORTEAMERICANAS DE LA CAMARA DE REPRESENTANTES DEL CONGRESO DE LOS ESTADOS UNIDOS.

(Acompañado por la Comisión, el señor Kenny y el señor Crum.)

SR. STRIPLING: Sr. Brecht, tenga usted la gentileza de dar su nombre completo y dirección actual para el archivo, por favor. Hable junto al micrófono.

SR. BRECHT: Me llamo Bertolt Brecht. Vivo en el 34 Oeste de la calle 73, Nueva York. Nací en Augsburgo, Alemania, el 10 de febrero de 1898.

SR. STRIPLING: Sr. Brecht, el comité tiene un...

EL PRESIDENTE: ¿Puede repetir la fecha?

SR. STRIPLING: ¿Podría repetir la fecha?

SR. BRECHT: 10 de febrero de 1898.

SR. MC DOWELL: ¿1898?

SR. BRECHT: 1898.

SR. STRIPLING: Sr. Presidente, la Comisión tiene aquí un intérprete por si usted desea hacer uso de él.

SR. CRUM: ¿Querría usted un intérprete?

SR. PRESIDENTE: ¿Desea usted un intérprete?

SR. BRECHT: Sí.

SR. PRESIDENTE: Sr. Intérprete, por favor, póngase de pie y levante la mano derecha. Sr. Intérprete, ¿jura usted ante Dios traducir del inglés al alemán, correcta y diligentemente, todas las preguntas que se hagan al testigo, así como traducir tan correcta y diligentemente del alemán al inglés todas las respuestas de éste?

SR. BAUMGARDT: Sí, juro.

EL PRESIDENTE: Siéntese.

(El Sr. David Baumgardt fue ubicado en un asiento al lado del testigo.)

SR. STRIPLING: Ahora, Sr. Brecht, ¿puede usted declarar ante la Comisión si es usted o no ciudadano de los Estados Unidos?

SR. BRECHT: Yo no soy ciudadano de los Estados Unidos; sólo tengo mis primeros papeles.

SR. STRIPLING: ¿Cuándo obtuvo usted los primeros papeles?

SR. BRECHT: En 1941, cuando llegué al país.

SR. STRIPLING: ¿Cuándo llegó usted a los Estados Unidos?

SR. BRECHT: ¿La fecha exacta? El 21 de julio llegué a San Pedro.

SR. STRIPLING: ¿El 21 de julio de 1941?

SR. BRECHT: Eso es.

SR. STRIPLING: ¿A San Pedro, California?

SR. BRECHT: Sí.

SR. STRIPLING: Usted nació en Augsburgo, Baviera, Alemania, el 10 de enero de 1888; ¿es así?

SR. BRECHT: Sí.

SR. STRIPLING: Estoy leyendo de los archivos de inmigración...

Sr. Crum: Sr. Stripling, creo que era en 1898.

Sr. Brecht: 1898.

Sr. Stripling: Perdone usted.

Sr. Crum: Creo que el testigo intentó decir 1898.

Sr. Stripling: Quiero saber si los archivos de inmigración informan correctamente sobre este punto. ¿Es 88 o 98?

Sr. Brecht: 98.

Sr. Stripling: ¿El vice-cónsul norteamericano en Helsinki, Finlandia, le otorgó un visado correspondiente a la cuota de inmigrantes el 3 de mayo de 1941?

Sr. Brecht: Exactamente.

Sr. Stripling: Y usted, ¿entró al país con ese visado?

Sr. Brecht: Sí.

Sr. Stripling: ¿Dónde residía usted antes de trasladarse a Helsinki, Finlandia?

Sr. Brecht: ¿Puedo leer mi declaración? En ella...

Sr. Presidente: Primero, Sr. Brecht, estamos tratando de identificarlo. La identificación no durará mucho...

Sr. Brecht: Tuve que abandonar Alemania en 1933, en febrero, cuando Hitler tomó el poder. Luego fui a Dinamarca, pero cuando la guerra parecía inminente en el 39, tuve que ir a Suecia, Estocolmo. Me quedé allí un año y luego Hitler invadió Noruega y Dinamarca y me vi obligado a abandonar Suecia, de donde fui a Finlandia; allí esperé hasta obtener mi visado para los Estados Unidos.

Sr. Stripling: Bien, Sr. Brecht, ¿cuál es su profesión?

Sr. Brecht: Soy comediógrafo y poeta.

SR. STRIPLING: ¿Comediógrafo y poeta?

SR. BRECHT: Sí.

SR. STRIPLING: ¿Dónde trabaja ahora?

SR. BRECHT: No tengo empleo.

SR. STRIPLING: ¿Ha trabajado para la industria cinematográfica?

SR. BRECHT: Sí, sí... He vendido un argumento a una productora de Hollywood, *Los verdugos también mueren...*, pero no he escrito el libro cinematográfico. No soy libretista. He escrito también otro argumento para Hollywood, pero no ha sido realizado.

SR. STRIPLING: *Los verdugos también mueren...* ¿A quién lo ha vendido, a qué estudio?

SR. BRECHT: Creo que a un independiente, Presburger, de la United Artists.

SR. STRIPLING: ¿United Artists?

SR. BRECHT: Sí.

SR. STRIPLING: ¿Cuándo vendió ese argumento a la United Artists?

SR. BRECHT: Este argumento... no recuerdo exactamente... Alrededor del 43 ó 44. No recuerdo.

SR. STRIPLING: ¿Y a cuáles otros estudios ha vendido su material?

SR. BRECHT: A ningún otro. Además, el último argumento al que me referí lo escribí para los Estudios Enterprise.

SR. STRIPLING: ¿Le es conocido el nombre de Hans Eisler? ¿Conoce usted a Johannes Eisler?

SR. BRECHT: Sí.

SR. STRIPLING: ¿Cuánto hace que conoce a Johannes Eisler?

Sr. Brecht: Creo que desde mediados de la década del veinte; alrededor de unos veinte años.

Sr. Stripling: Sr. Brecht, ¿está usted afiliado al Partido Comunista o lo ha estado en el pasado?

Sr. Brecht: ¿Me permite usted leer mi declaración? Contestaré su pregunta, pero ¿me permite usted leer mi declaración?

Sr. Stripling: ¿Someterá usted su declaración al Presidente?

Sr. Brecht: Sí.

Sr. Presidente: Muy bien. Veamos su declaración.

(El Sr. Brecht entrega su declaración al Presidente.)

Sr. Presidente: Sr. Brecht. La comisión ha examinado cuidadosamente su declaración. Es una historia muy interesante sobre la vida alemana, pero no es en absoluto pertinente a nuestra investigación. Por lo tanto, no nos interesa que usted lea su declaración.

(Primer paréntesis aclaratorio: Aun careciendo de formación jurídica, no puede por menos de resultarme irregular esta negativa del Presidente a que el dramaturgo leyese su declaración, en la que obviamente haría un relato pormenorizado de las persecuciones de que fue objeto por el régimen de Hitler. Y es que lo dilucidado allí eran las presuntas conexiones de Brecht con la Unión Soviética —aliado de USA en la guerra—, sin que importara un ardite su condición de hombre y de escritor condenado a la clandestinidad y al exilio por la Alemania nazi...

Bien. Sigamos con el interrogatorio, sin eludir sus a veces enfadosas reiteraciones, no carentes de significación, que ha de hallarse en la misma insistencia de los interrogadores en este anticipado brote de mccartysmo que supuso la Comisión de Actividades Antinorteamericanas.)

SR. STRIPLING: Sr. Brecht, antes de seguir con el interrogatorio, quisiera mencionar la intimidación que se le hizo el 19 de septiembre, en la que se le citaba a comparecer ante la comisión bajo apercibimiento. Usted está aquí en respuesta a la citación, ¿no es así?

SR. BRECHT: Sí.

SR. STRIPLING: Ahora repetiré la pregunta anterior. ¿Está usted ahora o ha estado alguna vez afiliado al Partido Comunista de algún país?

SR. BRECHT: Señor Presidente. He escuchado a mis colegas cuando consideraban a esa pregunta como improcedente, pero como soy huésped en este país y no quiero empeñarme en una cuestión jurídica, le respondo con la más absoluta franqueza: No estoy ni he estado nunca afiliado a ningún Partido Comunista.

SR. PRESIDENTE: ¿Su respuesta es entonces que no ha estado usted nunca afiliado al Partido Comunista?

SR. BRECHT: Exacto.

SR. STRIPLING: ¿No estaba afiliado al Partido Comunista en Alemania?

SR. BRECHT: No, no lo estaba.

(Segundo paréntesis esclarecedor: Posiblemente a esta ecléctica actitud de Brecht aluda Alfonso Sastre cuando escribe: «Empezaré por decir, en ese ensayo, que yo en Brecht lo admiro apasionadamente todo *menos su teatro* y que me parece indiscutible todo *menos sus teorías teatrales*. Para ello, tendré mucho cuidado en precisar que no juego a la paradoja para decir, humorísticamente, que no admiro a Brecht en absoluto; así podría entenderse desde la concepción burguesa para la que un hombre de teatro es un hombre de teatro y *nada más*. Brecht es, por fortuna y para su gloria, mucho más que un hombre de teatro; y en él son admirables el poeta, el luchador, el ideólogo, el revolucionario, el demoledor de las falacias sociales, el investigador de las verdaderas estructuras sociales a través de un concepto profundo y matizado de la lucha de clases, el exaltador de la ciencia frente al oscurantismo, el acusador de los terrores nazifascistas, el defensor de la paz, el intelectual, el amante de su oficio y del pueblo. Este es el hombre cuya muerte, en 1956, produjo un estremecimiento muy profundo» (13). O quizá no. Es posible también que algunas deliberadas ambigüedades del testimonio de Brecht ante la Comisión de Actividades Antinorteamericanas y ciertas notorias vacilaciones posteriores —Berlín, 1953— vinieran a probar que antepuso su teatro y su oficio de dramaturgo a las propias convicciones ideológicas.

Y sigue el interrogatorio del 30 de octubre de 1947.)

SR. STRIPLING: Sr. Brecht, ¿es verdad que ha escrito usted un cierto número de poesías, dramas y otras obras muy revolucionarias?

---

(13) *Anatomía del realismo*. Alfonso Sastre. Editorial Seix Barral. S. A. Barcelona. 1965.

SR. BRECHT: He escrito un gran número de poesías, canciones y dramas en la lucha contra Hitler y, naturalmente, pueden ser considerados revolucionarios porque yo, lógicamente, era partidario del derrocamiento de ese gobierno.

SR. PRESIDENTE: Sr. Stripling, no nos interesa ninguna obra que pueda haber escrito para contribuir al derrocamiento de Alemania o de su gobiero.

SR. STRIPLING: Comprendo. Bien, de un examen de las obras que el Sr. Brecht ha escrito, sobre todo en colaboración con Hans Eisler, surge que parece ser una persona de importancia internacional para el movimiento revolucionario comunista. Ahora bien, señor Brecht, ¿es cierto que ha escrito usted artículos aparecidos en los últimos meses en publicaciones de la zona soviética de Alemania?

SR. BRECHT: No, no recuerdo haber escrito tales artículos y no los he visto impresos. No he escrito ninguno de tales artículos actualmente. Escribo poquísimos artículos, casi ninguno.

SR. STRIPLING: Señor Presidente. Tengo aquí este documento que entregaré al intérprete para que quiera identificarlo ante esta Comisión, con particular referencia a un artículo que aparece en la página 72. (Lo entrega.)

SR. BRECHT: ¿Puedo hablar de esta publicación?

SR. STRIPLING: ¿Cómo dice?

SR. BRECHT: ¿Puedo explicar esta publicación?

SR. STRIPLING: Sí. ¿La reconoce?

SR. BRECHT: Sí, seguro. Pero no se trata de un artículo; es una escena tomada de una comedia que he escrito en 1937 ó 1938, creo, en

Dinamarca. La obra se llama *La vida privada de la raza dominante* y la escena pertenece a esta obra, que trata acerca de una mujer judía en Berlín en el año 36 ó 37. Veo que ha sido impreso en esa revista, «Ost und West», en julio de 1946.

SR. STRIPLING: Señor Intérprete, ¿quiere traducir la portada de la revista, por favor?

SR. BAUMGARDT: «Este y Oeste. Contribuciones a los problemas políticos y culturales de la actualidad, dirigida por Alfred Kantorowicz, Berlín, julio de 1947. Primer año de publicación.»

SR. STRIPLING: Señor Brecht, ¿conoce usted al caballero que es director de la publicación cuyo título se ha leído?

SR. BRECHT: Sí, lo conozco de Berlín y lo he encontrado nuevamente en Nueva York.

SR. STRIPLING: ¿Sabe usted que él es afiliado del Partido Comunista alemán?

SR. BRECHT: Cuando lo conocí en Alemania, creo que era periodista de «Ullstein Press». Esta no es comunista..., no lo era entonces... No existían diarios del Partido Comunista. De modo que no sé exactamente si era miembro del Partido Comunista alemán.

SR. STRIPLING: ¿No sabe si era miembro del Partido Comunista o no?

SR. BRECHT: No, no lo sé.

SR. STRIPLING: ¿En 1930 escribió usted, en colaboración con Hans Eisler, un drama titulado *Die Massnahme* («Medidas a tomar»)?

SR. BRECHT: *Die Massnahme.*

SR. STRIPLING: ¿Lo escribió?

SR. BRECHT: Sí.

SR. STRIPLING: ¿Puede usted explicar a la Comisión el tema de ese drama, de qué trataba?

SR. BRECHT: Sí, trataré.

SR. STRIPLING: Explique primero qué significa el título.

SR. BRECHT: *Die Massnahme* significa... (habla en alemán).

SR. BAUMGARDT: Medidas a tomar o... paso a realizar... medidas...

SR. STRIPLING: ¿Podría significar medidas disciplinarias?

SR. BAUMGARDT: No, no. Significa medidas a tomar.

SR. STRIPLING: Bien. Y ahora, señor Brecht, diga a la Comisión...

SR. BRECHT: Sí.

SR. STRIPLING (continuando): ...de qué trataba ese drama.

SR. BRECHT: Sí. Esta pieza es la adaptación de un antiguo drama religioso japonés, de una obra del teatro *Noh,* y sigue de cerca esa vieja historia sobre la devoción a un ideal que se mantiene hasta la muerte.

SR. STRIPLING: ¿Cuál era ese ideal, señor Brecht?

SR. BRECHT: En el viejo drama era un ideal religioso. Estos jóvenes...

SR. STRIPLING: ¿No tiene nada que ver con el Partido Comunista?

SR. BRECHT: Sí.

SR. STRIPLING: ¿Y con la disciplina dentro del Partido Comunista?

SR. BRECHT: Sí, sí; es una nueva pieza, una adaptación. Estaba ambientada en Rusia y China en los años 1918 ó 19, o alrededor de esa fecha. Ciertos agitadores comunistas se dirigieron a una especie de tierra de nadie, ya que entonces Rusia no era un estado y no tenía un verdadero...

SR. STRIPLING: ¿Puedo interrumpirle, señor Brecht? ¿Definiría usted este drama como procomunista, anticomunista o en posición neutral con respecto a los comunistas?

SR. BRECHT: No; diría... Vea usted, en verdad, la literatura tiene el derecho y la obligación de presentar al público las ideas de la época. En este drama..., por supuesto, he escrito una veintena de obras, pero en ésta he buscado expresar los sentimientos y las ideas de los obreros alemanes que entonces combatían contra Hitler. También formulé artísticamente...

SR. STRIPLING: ¿Ha dicho que combatían contra Hitler?

SR. BRECHT: Sí.

SR. STRIPLING: ¿Y la escribió en 1930?

SR. BRECHT: Oh, sí, sí. Esa lucha comenzó en 1923.

(Tercera nota explicatoria: Observado hoy, desde este 1973, en el que se cumple el 75 aniversario del nacimiento de Brecht, resulta singularmente patético este duelo verbal sostenido por el dramaturgo hace más de un cuarto de siglo en la nación a la que él huyera para resguardarse de las iras del nazismo, y en la que se encuentra, tras la derrota del sistema hitleriano, con reservas hacia el comportamiento suyo, que a la lúcida mente del autor augsburgués tendrían que contribuir al incremento de su perplejidad, suficientemente alertada ya por la simplista intencionalidad del interrogatorio. La sorpresa de Stripling ante el hecho de que, en 1930, un intelectual germano concibiese obras antihitlerianas, hubo de merecer la sarcástica réplica de Brecht, que era su decidido adversario ya siete años antes. Al borde de la cincuentena, y tras casi la mitad de su existencia en el exilio, Brecht advertía que tampoco era admitido en el país de la Gran Alianza contra Hitler y que su odisea de hombre clandestino no había llegado al final con la derrota del Tercer Reich...

Persiste su interrogador.)

SR. STRIPLING: Pero usted ha dicho que se habla de China; ¿por lo tanto, no tiene nada que ver con Alemania?

SR. BRECHT: No, nada.

SR. STRIPLING: A lo largo de la pieza se alude a las teorías y enseñanzas de Lenin, al ABC del comunismo y a otros clásicos comunistas y a la actividad del Partido Comunista chino en general. Los siguientes son fragmentos de la obra:

Los cuatro agitadores: Llegamos de Moscú como agitadores; debíamos viajar a la ciudad de Mukden para hacer propaganda y para crear, en las fábricas, el Partido Chino. Debíamos dirigirnos a los cuarteles centrales del Partido más próximos a la frontera y solicitar más gente. Allí, en la antesala, un joven camarada se nos acercó y nos explicó la naturaleza de nuestra misión. Repetimos la conversación:

El joven camarada: Yo soy el secretario de las oficinas centrales más próximas a la frontera. Mi corazón late por la revolución. Ser testigo de la injusticia a mi alrededor me impulsó a incorporarme a las filas de los luchadores. El hombre debe ayudar a los hombres. Yo estoy por la libertad. Yo creo en la humanidad. Estoy por los preceptos del Partido Comunista que lucha por lograr una sociedad sin clases y contra la explotación y la ignorancia.

Los tres agitadores: Venimos de Moscú.

El joven camarada: Dos de nosotros debemos defender una revolución aquí. Sin duda, tiene usted alguna carta del comité central para nosotros que nos diga lo que debemos hacer.

Los tres agitadores: Así es. No os traemos nada. Pero a través de la frontera, hasta Mukden, traemos a los trabajadores chinos las enseñanzas de los clásicos y de los propagandistas: el ABC del comunismo; al ignorante, la verdad sobre su situación; al oprimido, conciencia de clase, y a los que tienen conciencia de clase, la experiencia de la revolución. A ustedes les requerimos un automóvil y un guía.

Los cuatro agitadores: Fuimos a Mukden, cuatro hombres y una mujer, a esparcir propaganda y a crear el Partido Chino a través de las enseñanzas de los clásicos y de los propagandistas, el ABC del comunismo; para traer la verdad sobre su situación al ignorante, a los oprimidos conciencia de clase y a los que tienen conciencia de clase, la experiencia de la revolución.

El joven camarada: El individuo tiene dos, el partido tiene mil ojos. El partido ve siete estados. El partido tiene muchas horas. El partido no puede ser destruido porque lucha con los métodos de los clásicos, que se extraen del conocimiento de la realidad y que están destinados a convertir en eso las enseñanzas divulgadas entre la masa. ¿Quién es el partido, sin embargo? ¿Está sentado en una casa llena de teléfonos? ¿Son secretos sus pensamientos, desconocida su revolución? ¿Quién es? Es todos nosotros. Nosotros somos el partido. Usted y yo y todos ustedes, todos nosotros. Está en tu traje, camarada, y está pensando en tu cabeza; dondequiera yo viva, allí está su hogar, y donde te atacan, allí lucha.

Ahora, Sr. Brecht, dirá a la Comisión si es verdad que uno de los personajes de este drama es asesinado por sus compañeros porque eso era el interés del Partido Comunista. ¿Es cierto eso?

SR. BRECHT: No, no es exactamente ésa la historia.

SR. STRIPLING: ¿No es asesinado por sus compañeros porque no quería someterse a la disciplina?

SR. BRECHT: No, no es realmente eso lo que sucede. Cuando lea con atención, advertirá que, como en el viejo drama japonés, donde estaban en juego otras ideas, este joven que muere era convicto de haber dañado la causa en la que creía. El está de acuerdo y está pronto a morir para no agravar el daño producido. Entonces pide ayuda a sus compañeros, y ellos, todos juntos, lo ayudan a morir. Salta hacia un precipicio y todos lo conducen con cariño hasta el borde de ese precipicio; ésta es la historia.

SR. PRESIDENTE: De sus palabras me parece entender que simplemente muere, no es asesinado.

SR. BRECHT: Quería morir.

SR. PRESIDENTE: Entonces, ¿lo han matado?

SR. BRECHT: No, no lo han matado en esta historia. Se ha matado él. Ellos se han limitado a ayudarlo; antes, naturalmente, le habían dicho que su desaparición sería mejor para él, para todos y para la causa en que él también creía.

SR. STRIPLING: Señor Brecht, ¿puede usted decir a la Comisión cuántas veces ha estado en Moscú?

SR. BRECHT: Sí; fui invitado a Moscú dos veces.

SR. STRIPLING: ¿Quién lo invitó?

SR. BRECHT: La primera vez fui invitado por la Organización Popular para el Intercambio Cultural. Fui invitado para presentar una película documental que yo había ayudado a hacer en Berlín.

SR. STRIPLIN: ¿Cómo se llama esa película?

SR. BRECHT: El nombre es el nombre de un suburbio de Berlín: *Kuhle Wampe.*

SR. STRIPLING: Mientras usted estaba en Moscú, ¿conoció a Sergi Tretyakov. S. e. r. g. i. T. r. e. t. y. a. k. o. v.: Tretyakov?

SR. BRECHT: Tretyakov, sí. Es un dramaturgo ruso.

SR. STRIPLING: ¿Un escritor?

SR. BRECHT: Sí. Tradujo algunos de mis poemas y una pieza, creo.

SR. STRIPLING: Señor Presidente, *International Literature,* núm. 5, 1937, publicada por la Casa Editora Estatal del Arte Literario de Moscú, tenía un artículo de Sergi Tretyakov, eminente escritor soviético, sobre una entrevista que tuvo con el señor Brecht. En la página 60 declara, citando al señor Brecht: «Era miembro del Comité Revolucionario de Augsburgo», continuó Brecht. «Allí cerca, en Munich, Leviné izó el estandarte del poder soviético: Augsburgo vivía del reflejo de Munich. El hospital era la única unidad militar en la ciudad. Me eligió para el Comité Revolucionario. Todavía recuerdo a Georg Brem y al bolchevique polaco Olshevsky. No tuvimos tiempo de dictar ni un solo decreto ni de nacionalizar un solo banco o clausurar una sola iglesia. En dos días, las tropas del general Epp atravesaron la ciudad en su camino a Munich. Uno de los miembros del Comité Revolucionario se escondió en mi casa hasta que logró huir.»

Escribió *Tambores en la noche.* Este trabajo contenía ecos de la revolución. Los tambores de la rebelión llaman persistentemente al hombre que se ha vuelto a su casa. Pero el hombre prefiere (la) tranquila paz de su hogar.

La obra era una demoledora sátira sobre aquellos que habían desertado de la revolución y ahora levantaban las copas frente a sus chimeneas. Conviene recordar que Kapp lanzó su ataque en Nochebuena, calculando que muchos Guardias Rojos habrían abandonado sus destacamentos por sus árboles de Navidad familiares.

Su pieza *Die Massnahme,* la primera de las obras de Brecht sobre un tema comunista, está estructurada como una corte de justicia en la que los personajes intentan justificarse por haber matado a un camarada y los jueces, que al mismo tiempo representan la audiencia, sintetizan los hechos y llegan a un veredicto.

Cuando en 1932 Brecht visitó Moscú, me habló de su proyecto de organizar un teatro en Berlín que representara los juicios más interesantes de la historia de la humanidad.

Brecht concibió la idea de escribir una pieza sobre las artimañas terroristas a que recurren los terratenientes para especular con el precio del grano. Pero esto requiere un conocimiento de economía. El estudio de la economía llevó a Brecht a Marx y Lenin, cuyas obras se convirtieron en parte valiosísima de su biblioteca. Brecht estudia y cita a Lenin como un gran pensador y gran maestro de la prosa.

El drama tradicional representa la lucha de los instintos de clase. Brecht exige que la lucha de los instintos de clase sea reemplazada por la lucha de la conciencia social, de las convicciones sociales. Sostiene que la situación no debe ser sentida solamente, sino también explicada, cristalizada en una idea que modificará el mundo.

¿Recuerda usted esta entrevista, Sr. Brecht?

Sr. Brecht: No. Debe haber sido escrita unos veinte años atrás.

Sr. Stripling (ríe): Le mostraré la revista, señor Brecht.

Sr. Brecht: Sí. No recuerdo que haya habido una entrevista. (Se entrega la revista al testigo.) No recuerdo..., señor Stripling. No recuerdo la entrevista con exactitud. Creo que es, más o menos, un resumen periodístico de charlas y discusiones sobre muchas cosas.

Sr. Stripling: ¿Son numerosos sus escritos basados en la filosofía de Lenin o Marx?

Sr. Brecht: No, no creo que eso sea exacto. Naturalmente, he estudiado; debo, por fuerza, estudiar, como autor de dramas históricos. Debo estudiar, naturalmente, las ideas de Marx sobre la Historia. No creo que hoy se pueda escribir dramas inteligentes sin ese estudio. También la Historia, como se escribe en la actualidad, está influida de modo decisivo por los estudios históricos de Marx.»

La transcripción ha sido extensa, pero imprescindible para el correcto análisis del influjo que en la ejecutoria vital de Brecht tuvieron las circunstancias de una etapa tan políticamente confusa como la que le correspondió afrontar. A causa de ella, su posición de protesta atravesó por momentos tan difíciles como absurdos.

Y es que Brecht pudo comprometerse con una determinada clase social, pero nunca lo hizo —según sus propias manifestaciones— afiliándose a un partido político concreto, si bien no ocultó sus afinidades de pensamiento con la ideología marxista.

Tal actitud resulta evidente en otro fragmento de las declaraciones que hizo ante la Comisión de Actividades Antinorteamericanas, según las reproduce el libro anteriormente citado:

SR. STRIPLING: ¿Ha solicitado usted alguna vez entrar en el Partido Comunista?

SR. BRECHT: No, no, no, no, no; nunca.

SR. STRIPLING: Sr. Presidente, tenemos aquí...

SR. BRECHT: Yo era un escritor independiente y quería continuar siendo independiente, y lo destaco, y también teóricamente era mejor para mí no inscribirme en ningún partido. Todas estas cosas que han estado leyendo aquí no están escritas solamente para los comunistas alemanes, sino también para los trabajadores de toda otra clase; de estas lecturas participaban trabajadores social-demócratas y también trabajadores católicos de los sindicatos católicos y también trabajadores que no (se) habían adherido jamás a un partido ni querían hacerlo.

SR. PRESIDENTE: Señor Brecht, ¿le ha propuesto alguna vez Gerhart Eisler inscribirse en el Partido Comunista?

Sr. Brecht: No, no.

Sr. Presidente: ¿Le ha propuesto alguna vez Hans Eisler inscribirse en el Partido Comunista?

Sr. Brecht: No, nunca. Creo que me consideraban un escritor que deseaba escribir y obrar en base a lo que veía, pero no un hombre político.

Sr. Presidente: ¿Recuerda a alguien que pueda haberlo invitado a inscribirse en el Partido Comunista?

Sr. Brecht: Sí, algunas personas deben habérmelo sugerido, pero entonces descubrí que no era asunto mío.

Sr. Presidente: ¿Quiénes eran esas personas que lo invitaron a inscribirse en el Partido Comunista?

Sr. Brecht: Oh, lectores.

Sr. Presidente: ¿Quiénes?

Sr. Brecht: Lectores de poemas míos o personas del público de mis obras teatrales. Usted quiere decir... Nunca se me hizo una proposición oficial...

Sr. Presidente: Algunas personas lo invitaron a entrar en el Partido Comunista.

Sr. Kenny: En Alemania. (Al testigo, aparte.)

Sr. Brecht: En Alemania. ¿Usted quiere decir en Alemania?

Sr. Presidente: No, quiero decir en los Estados Unidos.

Sr. Brecht: No, no, no.

Sr. Presidente: Está usted contestando muy bien; mucho mejor que muchos otros testigos que han traído aquí.

¿Recuerda usted si alguien alguna vez en los Estados Unidos lo invitó a ingresar al Partido Comunista?

SR. BRECHT: No, no recuerdo.»

El cerco interrogador prosigue, pero lo esencial queda ya reflejado: la insistencia de los norteamericanos en averiguar si Brecht tenía filiación comunista, y las cautelares e inteligentes respuestas del dramaturgo: sus resueltas negativas, iban adobadas con adscripción a la indiscriminada clase trabajadora, fuese comunista, social-demócrata o católica. Y su negativa a comprometer a los otros incitadores, situándolos —con la oportuna sugerencia del señor Kenny— en la Alemania prenazi.

Cuando el presidente de la Comisión le dijo que «estaba contestando muy bien, mucho mejor que muchos otros testigos que han traído aquí», no lo hizo a humo de pajas, sino en el convencimiento absoluto de que Brecht había respondido verazmente al asedio interrogativo, como lo prueba el hecho de que resultara exculpado de toda acusación.

En el mismo año de 1947 regresó Brecht a Europa, estableciéndose en Suiza. Allí reelabora la *Antígona,* de Sófocles, según la versión de Hölderlin, y traba conocimiento con Max Frisch. Al año siguiente redacta su escrito de estética teatral, universalmente conocido por el título de *Pequeño Organon sobre el teatro,* que en su integridad es transcrito en la *Antología* de este libro, y considerado como su escrito teórico de máxima importancia y más acabada madurez.

Antes de abordar la última etapa de Brecht —desde su azaroso e incómodo regreso al Berlín oriental, hasta su fallecimiento allí el 14 de agosto de 1956—, quizá sea clarificadora una reflexión del agudo periodista Carlos Luis Alvarez, quien, en el volandero testimonio de un periódico, rebate el presuroso enjuiciamiento que del propósito que animó a la obra de Brecht hace el francés Duvignaud. En réplica a la tesis de éste, según la cual el efecto de distanciamiento —Verfremdungseffekt— es resultado que tiene su origen único en el vital desarraigo permanente de Brecht.

Muy sagazmente, apostilla Carlos Luis Alvarez: «Yo más bien pienso que Brecht meditó con seriedad acerca de los problemas de la alienación. Los personajes de teatro y las situaciones que crean son reflejos ideales de sentimientos humanos, encarnaciones arquetípicas de realidades humanas y, en cuanto arquetípicas, superpuestas al mundo histórico real» (14). Totalmente de acuerdo con dicho crítico: es aventurado suponer que el origen de la actitud ética de Brecht radica en su cualidad de hombre desarraigado, a no ser que se admita que el desarraigo le fue impuesto por muy ahondadoras convicciones: las que le obligaron a salirse de la ruta conformista seguida por sus padres, siendo Brecht muy joven.

---

(14) *Efecto de distanciamiento.* CARLOS LUIS ALVAREZ. «Arriba», 2 de diciembre de 1973. Madrid.

III
RETORNO AL ORIGEN

No sin algún inconveniente burocrático, Bertolt Brecht consiguió llegar al Berlín Este, ya que las autoridades de ocupación le negaron el visado para la Alemania Oriental, y sólo mediante la consecución de un pasaporte checo obtiene el permiso de tránsito, vía Praga, hasta Berlín-Este, en el que de inmediato se le confía el «Deutsches Theater».

En apariencia, con su regreso a Berlín podía pensarse que Brecht personificaba la imagen de un triunfador en toda la línea, tras muy ásperos combates en diversos frentes: exiliado del régimen nacista, primero acogido y después enjuiciado por el imperialismo yanqui..., por fin volvía a una Alemania en cierto modo similar a la deseada por él en sus juveniles tiempos de militante espartaquista. ¿Podría ahora realizar sin cortapisas su obra? Todo estaba predispuesto para una respuesta afirmativa: pusieron en sus manos el local del «Deutsches Theater» y estaba en posesión de una compañía propia, la del «Conjunto Berlinés», que dirigía su segunda mujer, la actriz Helene Weigel, además de una independencia económica envidiable y acumulación de todos los privilegios, distinciones y honores oficiales imaginables. Todo esto dado, ¿qué nueva barrera surgió ante él? Para entender la cuestión, no estará de más recurrir a la semblanza que del dramaturgo alemán hizo Llovet: «Bertolt Brecht pretende ayudar al hombre a asumir su propio destino. Es por eso —con Claudel, en otra dirección— la cumbre lúcida, poética, esperanzada e inteligente del siglo XX. Brecht invita a los hombres a comprender, a dialogar, a cantar en medio de la lucha de cada día. Enemigo de la actitud irracionalista, del misterio, del barroco y del efectismo, Brecht es un dilucidador, un moderno Voltaire, que sustituye el *drama* por la *narración,* rehuyendo la inevitabilidad trágica y considerando que el futuro está en las manos del hombre» (15). Y es que, junto a tantos honores estatales, políticos, etc., Brecht tuvo que enfrentarse con un entendimiento distinto de la libertad creadora. Para no andarnos con eufemismos, la censura.

Todo comenzó en una simple discusión entre Brecht y el dramaturgo de tendencias comunistas Friedrich Wolf, en torno a ciertos pormenores de la obra *Madre Coraje y sus hijos.* Decía Wolf: «¿... no debía esta Madre Coraje (es histórico lo que es posible), no debía, después de haber reconocido que la guerra no se deja compensar, después de haber perdido no sólo su pequeña fortuna, sino también sus hijos, no debía al final ser una persona completamente distinta de la que aparece al principio

---

(15) *España, perspectiva 1968.* ENRIQUE LLOVET. Editorial Guadiana.

de la obra? Precisamente para nuestros espectadores alemanes de hoy, que han estado preguntándose: ¿qué se podía hacer, si no? ¡La guerra es la guerra! ¡Quien manda, manda! Se sigue tirando del carrito. Aunque, naturalmente, no tiene sentido querer adoctrinar con una obra de arte, en el teatro hay que servir a nuestro fin común: ¿cómo nuestro teatro alemán puede enseñar a nuestro pueblo lo que no se debe hacer?»

Brecht contestó diplomáticamente:

«En la obra representada, como usted dice con razón, se muestra que la Coraje no aprende nada de las catástrofes que la golpean. La obra está escrita en 1939, cuando el autor preveía una gran guerra; no estaba convencido de que los hombres, *en y para sí,* fueran a aprender nada de la desgracia que, según él, iba a echárseles encima. Querido Friedrich Wolf, precisamente usted confirmará que el autor siempre fue realista. Pero si la Coraje no aprende nada, el público puede, en mi opinión, aprender algo viéndola a ella» (16).

Algunos nubarrones advirtió sin duda el dramaturgo, premonitorias de tormentas inquisitoriales, cuando al año siguiente —1950—, tanto él como su mujer, adquieren la nacionalidad austriaca. (Galimatías a dilucidar: Hitler, austriaco de nacimiento, se erigió en máximo defensor de la superioridad étnica alemana; Brecht, alemán hasta el tuétano, adopta la nacionalidad de origen de su mayor enemigo, del que motivó su exilio...)

---

(16) *Literatura y revolución.* JÜRGEN RÜHLE. Luis de Caralt, 1963.

Los «condicionamientos» de signo contrario

Cuando parecía que el hombre y el dramaturgo, víctima de persecuciones durante tantos años, iba a volver a la normal convivencia y a unos parámetros fijos de libertad para su dramaturgia, sucede que topa ante «condicionamientos» opuestos. No había pasado un año desde la adquisición de su nueva ciudadanía y nacionalidad, cuando, en editoriales del órgano oficioso de la potencia ocupante del Berlín-Este, «Tägliche Rundschau», dio comienzo la campaña de incitación a las tesis comunistas, mediante la implantación de estrictos reglamentos o bien recurriendo a infundios que preconizaban persecución, para el exterminio por la vía más rápida del arte alemán contemporáneo, que tan decisivamente contribuyó a dar visos de una democracia popular a la zona alemana de ocupación soviética.

Lógicamente —pero, ¿en virtud de qué lógica?—, en lo que a la parcela teatral se refiere, el ataque más sañudo fijó su objetivo en Brecht. En ese mismo año de 1951 —solamente tres después de su prolongado y desazonado exilio—, varias de las obras de Bertolt Brecht resultaron inviables para la censura soviética. Pongámonos en el caso del dramaturgo, y así podremos hacernos una idea, al menos aproximada, del sentimiento de frustración que en él albergarían tales quisicosas, en una mente liberal a la que el viento de la Historia saca de Málaga para introducirla de repente y sin previo aviso en Malagón.

¿Requiere aclaración el efecto de las circunstancias sobre el doctrinarismo brechtiano? Sospecho que la diafanidad del caso la hace innecesaria, pero con tal de aventar susceptibilidades de uno y otro bando, viene a cuento puntualizar —con un testimonio tan afín a Brecht como el del director escénico Ricard Salvat— hasta qué punto el dramaturgo alemán era inocente de los cargos que se le imputaron... o hasta qué extremo influía la sustancial disparidad entre el liberalismo de Brecht y la dictadura soviética. Escribe Salvat: «El arte del actor ha de huir de la *teatralidad* y la gesticulación excesiva e inútil. Según Lessing, la *frialdad* es mucho más importante que la exaltación. El actor ha de lograr en su actuación fuego y frialdad, los gestos han de ser significativos y la pasión será más contenida, cuanto más violenta sea, pues la misión del actor es, sobre todo, la de hacerse comprender. El gesto y el tono han de individualizar el contenido moral de la obra. Como veremos, hay, en esta exposición de Lessing, el fundamento de las teorías sobre el arte del actor de Brecht.

En contra del teatro de corte, de noble minoría, Lessing quiere conseguir un teatro burgués, un teatro para la mayoría por él conocida. Por eso, de igual modo que abomina de Racine y Corneille, toma como modelo el teatro preconizado por Diderot. El problema, entonces, para Lessing no se plantea en límites nacionales, sino por fronteras de clases. La mayoría a la que Lessing deseaba servir era la burguesía que, contra el poder establecido, entraba en la historia; Brecht, como veremos, intentará servir al proletariado, recién incorporado a la marcha de la historia» (17).

¿Y cómo lo intentará servir? Difícilmente, pues se encuentra en el paraje oscuro que limita, de un lado, con inconvenientes personales, y de otro, con dificultades obvias.

Los inconvenientes personales, pudiéramos colegir que proceden de una básica discrepancia entre el liberal talante de Brecht —sin duda influido por el contorno social de sus muchos años de destierro— y la abierta proclividad totalitarista de los métodos soviéticos.

Las dificultades obvias... tuvieron que parecerle inconcebibles a Bert Brecht, pues eran muy otras que las previstas por él en su ensayo *Cinco dificultades para escribir la verdad*, en el que emparejaba a capitalismo y nazismo, para, conjuntamente, enfrentarlos al comunismo, hasta concluir en la tesis de que «el fascismo sólo puede ser combatido tratándolo como capitalismo»; que los sistemas nazi-fascistas sólo se diferencian de los capitalistas por el hecho de que, en estos últimos, «los carniceros se lavan las manos antes de traer la carne», y, en fin, que suponer la supervivencia del capitalismo sin su plena identificación con el fascismo constituye, en sí mismo, «un punto de vista fascista» (18).

¡Qué lacerantes reconsideraciones tuvo que hacerse Brecht ante la actitud adoptada por los soviéticos respecto a su teatro! Tanto más cuanto que el citado estudio ideológico fue redac-

(17) *El teatre contemporani* (2). Ricard Salvat. Edicions 62. Barcelona, 1966.

(18) *Cinco dificultades para escribir la verdad* («Versuche 9», edición de 1959).

tado en la década de los años 30, casi al tiempo que escribía una dramatización de la novela de Gorki *La madre* —1931—, respecto a la que diría después:

Cuando escribí la obra «La madre»,
según el libro del camarada Gorki y muchos
relatos de camaradas proletarios sobre su
combate diario, la escribí
sin ningún adorno, en lenguaje desnudo,
poniendo puramente las palabras, eligiendo
cuidadosamente todos los gestos de mis personajes, como cuando
se describen las palabras y las acciones de los grandes.
A mi mejor entender,
iba yo poniendo diariamente
los miles de sucesos en moradas auténticas,
exponiendo lo múltiple como acontecimientos históricos...

Consecuente con la cantada y decantada actitud, Brecht transformó el latente romanticismo contestatario de Gorki en una muy racional dialéctica política. Excusado es la reacción oficial de la potencia ocupante de Berlín-Este ante el hecho de que subiese a la escena una trama que no estaba dentro de «las reglas». (Es necesario aclarar aquí que cuando Brecht escenificó *La madre* no conocía aún la versión ortodoxa staliniana de la historia del Partido..., porque aún no estaba escrita.)

A partir de entonces, una encadenada sucesión de inesperadas dificultades centrarían en Brecht su eje. En el V Pleno del Comité Central —celebrado en marzo de 1951—, Fred Oelssner, miembro del Politburó, lanzaba su andanada dialéctica contra *La madre* en su escenificación brechtiana, reprochando al adaptador que había escenas que eran históricamente falsas y políticamente contraproducentes, como la de 1914, aquella en la que la madre se llena de pánico y lamenta, dándola por consumada, la muerte del Partido. «¿Cómo iba a morir el Partido bolchevique de 1914 —clama Oelssner—, el único que en toda la Internacional tenía un programa claro y una meta y que no se dejó vencer nunca por el pánico?»

También intervino en la reunión otro alto funcionario, Romemberg, hombre de confianza de los soviéticos en asuntos teatrales, y en su intervención, si menos demagógica, muy cargada de agresividad irónica, dijo: «Opino que Brecht es un brillante dialéctico. Pero habría que investigar si su materialismo no contiene elementos vulgares. Claro que debemos darle algo de tiempo. No debemos cesar de criticarlo, pero tan inteligentemente como inteligente es él.»

Ante semejantes reacciones, ¿cómo no iba a brotar en el dramaturgo, que sólo había conocido persecución y prohibiciones, un cierto sentimiento de abatida y a la vez virulenta frustración?

Y no habían hecho sino empezar sus discrepancias ante los ocupantes soviéticos. Como homenaje a los obreros de París, en el LXXX aniversario de su histórico levantamiento, el dramaturgo augsburgués quiso estrenar *Los días de la Comuna*, obra escrita en Zurich hacia 1948-49, durante su estancia en aquella ciudad, antes de fijar su residencia en el Berlín-Este. En ella, Brecht se apoya fielmente a las investigaciones que Marx y Lenin habían hecho sobre el acontecer de la Comuna parisiense. Como era lógico, la pieza revela los errores y debilidades de movimiento obrerista de aquel tiempo, que habrían de conducirlo a su rápido fracaso. Y los pone de manifiesto de manera cien por cien didáctica: queda evidente que no fue conquistado el Banco de Francia, que la disciplina estaba ausente en las masas revolucionarias y que el *terror rojo* —una de cuyas consecuencias fue el ajusticiamiento del arzobispo de París— se instaló demasiado tarde, junto a otras advertencias similares.

La madurez dramática de Brecht se advierte en el logro de algunas escenas veraces y en la descripción de tipos eficazmente trazados, virtudes que sobrenadan en un argumento desenvuelto esencialmente a lo largo de una línea política prefijada, y desgajado en múltiples episodios, críticas ambientales y denuncias sociológicas. El crítico Herbert Ihering, fervoroso brechtiano donde los haya, escribió: «*Los días de la Comuna* exponen uno de los más conmovedores y al mismo tiempo más aleccionadores capítulos de la historia europea. Y, sin embargo, su efecto queda muy por debajo de las otras obras de Brecht. Porque falta la fábula épica que una a los actores y al espectador.»

Pero no fueron razones estéticas las que impidieron que el previsto estreno de la obra se efectuara. De haber sido así, no tendría objeto que en este momento nos ocupáramos de ella. Si hago referencia aquí a tal peripecia, es por el hecho de que, pese a la consecuente concepción marxista-leninista de la obra, su representación fue prohibida por el Partido. El episodio hay que entenderlo como un eslabón más en la cadena de incomprensiones y contradictorias actitudes que, en esta época en la que Brecht volvía a estar entre aquellos por que tanto había combatido, fue atenazando, lenta e imperturbablemente, su libertad creadora.

Su costumbre de dar a cada acontecimiento, suceso histórico y personajes las dimensiones que les fueron propias, su tendencia a la descripción desnuda y no hermoseada con equívocos brillos, de la verdad, al hacer perceptible cuanto de trágico y mísero residía en la Comuna, no cuadra con la triunfalista apariencia de que tan necesitada estaba la ética staliniana, empeñada en hacer un mito de cualquier acontecimiento histórico que viniese bien a sus intereses políticos. Por eso no produce extrañeza, desde la actual perspectiva, el veredicto conjunto del Comité del Partido y de la escuela «Karl Marx»: uno y otra juzgaron que *Los días de la Comuna* era una obra fundamentalmente derrotista...

Alguna mayor suerte corrió la ópera —música de Paul Dessau— *El proceso de Lúculo,* autorizada para una sola representación, suficiente para que alcanzara Brecht un gran éxito de público y crítica, como suele decirse en frase estereotipada..., a condición de excluir de la crítica favorable la muy severa admonición que recibió de los órganos soviéticos o sovietizantes.

Y es que a Brecht le correspondió vivir en un tiempo cambiante, y la ópera procedía de un libreto escrito hacia 1940 y al que en principio quiso ponerle música Stravinsky. En 1940, cuando la Alemania nazi comenzaba su expansión por la fuerza de las armas. Para que el lector se haga una idea del giro copernicano del panorama geopolítico entre el año en el que *El proceso de Lúculo* fue escrita y la época de su estreno, convendrá contar brevemente su trama: el general romano Lúculo, después de su muerte y de su pomposo entierro, comparece como criminal de guerra ante un tribunal de sombras que encuentra ser demasiadas las víctimas habidas en sus famosas campañas. La gloria habla a favor del acusado diciendo que fue un exquisito gastrónomo e introdujo las cerezas en Roma, pero el platillo de la balanza, lleno de la sangre derramada por los combatientes, pesa tanto, que obliga al tribunal a dictar sentencia condenatoria:

¡Ah, sí, a la nada con él! Porque
siempre, con todo el poder y la conquista,
sólo crece un reino:
el reino de la sombra.

En la caótica confusión de la posguerra, se comprende que a los espectadores alemanes aquello les sonara a escenificación debidamente distanciada del proceso de Nuremberg, entendiendo a Lúculo como un lejano precedente de los Goering, etc., juzgados al término de la conflagración. Sin embargo, y por similares motivos, podía parecer heterodoxa al ejército de Stalin, extendido hasta el Elba a costa de tantos sacrificios humanos, igual que a sus colaboradores soviéticos en la zona ocupada. De ahí que le fuese autorizada esa única representación, tras determinadas concesiones del dramaturgo, que acepta volver a redactar algunas escenas y el cambio del título: *La condena de Lúculo* y no *El proceso de Lúculo*.

A la vista del éxito popular de la pieza, se autorizó hasta tres representaciones de la misma, aunque sin taquilla abierta y con espectadores seleccionados entre prominentes hombres del Partido.

Es de suponer que tales concesiones no hicieran demasiado feliz a Brecht, sobre todo si llegó a intuir que la ópera habría sido tajantemente prohibida de no concurrir en su escenificación tal cúmulo de circunstancias como para hacer impolítica semejante medida: el suceso —bien orquestado previamente— iba a tener lugar en Berlín, a escasos centenares de metros del mundo occidental —que por tantos años sirvió a Brecht de refugio, poniéndolo a salvo de las iras hitlerianas—, cuando la Opera del Estado no gozaba aún del extraordinario prestigio actual y el famoso director Hermann Scherchen se había molestado en venir expresamente desde Suiza. De otra parte, comenzaba a pesar lo suyo el reconocimiento universal de las calidades dramáticas de Brecht.

Con todo, se actuó con mucha cautela. Y a la primera de las tres representaciones finalmente autorizadas acudieron, junto a las prominencias comunistas aludidas con anterioridad, agentes de la Policía Popular y entusiastas miembros de la organización juvenil comunista «Juventud Alemana Libre», en la creencia de que con ello desvirtuarían la intencionalidad contestataria —bien que involuntariamente— de la ópera. Tan no fue así que, volviendo de su decisión, las autoridades prohibieron cualquier otra posibilidad de éxito, y ni siquiera dieron paso a las dos subsiguientes, en principio autorizadas con el dicho carácter exclusivista en cuanto a la asistencia seleccionada de espectadores.

¿Qué había ocurrido en el estreno? Pues que muchos de los jóvenes a los que se había regalado entrada tenían tan acendrados sus entusiasmos ideológicos como difuminadas sus aficiones melómanas, y decidieron ofrecer en la reventa sus localidades, que, naturalmente, fueron adquiridas a muy enjundioso sobreprecio por los de verdad interesados en asistir a la representación. Como éstos no llevaban consigna alguna de «reventar» la ópera, se sintieron fascinados por sus calidades dramáticas y musicales... Cuando cayó el telón final y escucharon la estridencia de los silbidos organizados, la reacción masiva no se hizo esperar, mediante aplausos y «glorias» sin precedentes en la sala berlinesa. Los espectadores de localidades adquiridas en la reventa, puestos de pie, desataron una contrarrestadora tempestad de aplausos y «bravos», hasta silenciar los aislados silbidos de obediencia a consignas borreguilmente acatadas.

Acaso pormenorizo demasiado en el relato de los episodios de esta etapa vital de Brecht, pero lo hago consciente de lo significativos que sus incidentes resultan para la plena comprensión del más dramático de sus conflictos: el que he denominado su «protesta conflictiva».

Por vía de ejemplo veamos cómo reaccionó la autoridad a la que Brecht manifestara siempre simpatía, mas no vasallaje, en su control de los medios de comunicación. De entrada, el Partido prohibió a todos los críticos no alineados que dijeran una sola palabra —es decir, que escribieran la mera noticia— sobre el estreno. Por el contrario, el periódico oficial del autoritarismo sovitiéco, «Neue Deutschland», publicaba una aviesa crítica, con algodones y alfilerazos, más una conclusión deliberadamente falseadora de la verdad de los hechos: «Un inteligente dramaturgo y un brillante compositor —escribió «Neue Deutschland»—, cuyas intenciones progresivas están fuera de duda, se han equivocado en un experimento que, tanto por motivos ideológicos como artísticos, tenía que fracasar, como ha fracasado, en efecto... Como analista de máxima calidad, Brecht debía (de) haberse dado cuenta de que este símbolo poético no estaba ya en 1940 a la altura de la situación histórica y que sus tendencias no correspondían hoy en absoluto a la realidad existente. La pacífica situación mundial de más de ochocientos millones de personas que viven bajo la guía de la Unión Soviética no es sólo un tribunal de sombras, sino que tiene el poder efectivo para someter a todos los criminales de guerra a una justicia bien terrena...»

Brecht, a la vista de tan radicalizada actitud, quizá pensó —muy para su capote— que ya en 1940 la URSS no era ningún tribunal de sombras, sino que tenía la fuerza real para someter a los ocupados y asumidos países bálticos, así como a grandes partes de Polonia y Finlandia, a su jurisdicción geográfica y política.

Puesto a divulgar la crítica totalmente destructiva solicitada por la coyuntura —bien que entonces no se usara este vocablo, de tan desmedida utilización hoy—, al referirse a la música del espectáculo, considerada por algunos como la mejor composición de Paul Dessau, escribió el citado órgano del Partido en otro pasaje de su agresivo comentario: «Tomemos como ejemplo el *Lúculo* y veamos la composición de la orquesta. No hay en ella ningún violín. Este instrumento, el más noble de todos y que tiene capacidad para producir majestuosos cuadros sonoros, falta completamente. Tampoco hay oboes y clarinetes... Esto demuestra que Paul Dessau subestima el papel de la melodía y de la armonía e incluso las desprecia, sometiendo lo melódico a una preponderancia consciente de lo formalista.»

Como puede advertirse, el Gobierno de la zona soviética se había tomado muy en serio la cuestión. Tanto como para dedicar ocho horas a la discusión de sus características con los a u t o r e s. Después del debatido encuentro, Brecht, que en su larga permanencia en el destierro tuvo oportunidad de ejercitarse repetidamente en la táctica posibilista, cediendo en lo accesorio para mantener esencias, comentó muy socarronamente:

—¿En qué otra parte del mundo hay un Gobierno que se tome tanto interés y se preocupe tanto de sus artistas?

Preocupación gubernamental por los artistas. He aquí lo que le impele a, con absoluto olvido de las normas de la libertad de creación, modificar al dictado el inicial libreto. La nueva redacción —con el impuesto título de *La condena de Lúculo*—, se diferencia del original por dos adiciones. Aparece un rey vencido por Lúculo, que a la par era un explotador, de lo que obtiene excusa para introducir una estrofa en loa del Ejército soviético:

Propongo que
nos pongamos en pie delante de este testigo
y en alabanza de aquellos
que defendieron sus ciudades.

Introdujo otra modificación sustancial en el desenlace: las sombras de los legionarios muertos en combate hacen su autocrítica y expresan el arrepentimiento que sienten por no haberse pasado a tiempo al campo de los pacificadores mundiales:

¡Si nos hubiéramos
apartado de las filas del agresor!
¡Si nos hubiésemos
unido a los defensores!
¡A la nada con él!

Con tales variaciones, el idealista dramaturgo esperaba que su obra satisficiese las exigencias de los ocupantes, y no fue así. Y no lo fue porque en el pensamiento de todo escritor idealista hay un alto porcentaje de intenciones utópicas, que tarde o temprano entran en colisión con el empirismo de los profesionales de la política. El escritor idealista se mueve y actúa en función de principios irrenunciables, y la política profesional se ve obligada a ceder ante imperativos coyunturales, en acomodación empírica a cada circunstancia que raramente entiende el idealista puro. De este modo, Brecht se encontró con que el Partido seguía descontento: debía rehacer la ópera en su totalidad, y como no aceptó tales condicionamientos, *La condena de Lúculo* tuvo sólo unas pocas representaciones en la Opera del Estado de Berlín.

No deja de ser curioso, y aleccionador para incautos, el hecho de que la sola ocasión en la que Brecht optó por adoptar una actitud empírica —el alzamiento obrero de 1953 contra el régimen comunista—, haya supuesto uno de los más acremente criticados episodios de su vida, como se ha de ver más adelante.

Cualquier lector medianamente sensibilizado en cuestiones que afectan a la libertad de expresión, captará de inmediato el hondo desasosiego que en el ánimo de Brecht tales limitaciones, impuestas por el Partido con cuyo ideario se sentía teóricamente tan identificado, hubieron de producir. Tras haber sacrificado su biografía a la insistente condición de hombre clandestino, cuando, por fin, el triunfo de los suyos le proporcionaba un teatro y la compañía del Conjunto Berlinés para dar a conocer su producción, al tiempo que estaba en trance de manifestar su personalidad sin reservas, públicamente; cuando se disponía a salir de la oscuridad de un tiempo de persecuciones a la diáfana luz de una solidaridad sin resquebrajaduras, se encontró con tantas reservas y prohibiciones, casi, como bajo el régimen totalitario que tan sañudamente hubo de perseguirlo tiempo atrás.

Ante tan descorazonadoras perspectivas para la libre difusión de la propia obra dramática, Brecht orientó la programación del Conjunto Berlinés hacia títulos de obras clásicas, si bien pasadas por el cedazo de las adaptaciones que él había concebido, incluso para sus giras a otros países. En la actuación del Conjunto Berlinés en Varsovia —1952—, tras haber obtenido Brecht en Berlín el Premio Nacional de primera clase, se limita a escenificar el *Don Juan*, de Molière, y *El proceso de Juana de Arco*, de Anna Seghers. Respecto a esta pieza, sin duda alguna, Brecht habría preferido presentar su *Santa Juana de los mataderos*, mas las circunstancias hacían preferible la elección de la otra, en razón de la personalidad de su autora. (Anna Seghers es el seudónimo de la escritora alemana Netty Radványi —de soltera Reiling—, de ascendencia germanojudía, huida de Alemania en 1933 y de absolutamente ortodoxa ideología comunista. Nacida en Maguncia el año 1900, residió en París y después en Méjico, tras su estancia en Madrid durante la guerra civil. No era dudosa.)

Ya en 1953 representó el Conjunto Berlinés, en su sede propia, una versión de *Fausto*, de Goethe. La escenificación iba encaminada, según explicó Bert Brecht, contra la «intimidación del clasicismo», en tanto que —proseguía— «esta intimidación se debe a una idea falsa y superficial del clasicismo de una obra. La grandeza de las obras clásicas estriba en su grandeza humana, no en una grandeza exterior entrecomillada. La tradición de las representaciones expurgadas en los teatros cortesanos ha alejado más y más de los teatros de la burguesía decadente esta grandeza humana, a lo que han colaborado los experimentos de los formalistas. En lugar del auténtico pathos de los grandes humanistas burgueses, se introdujo el falso pathos de los Hohenzollern, en lugar del ideal, advino la idealización; en lugar de la solemnidad, la untuosidad; etc. Surgió una falsa grandeza que sólo era vaciedad. El maravilloso humor de Goethe en su *Fausto* primitivo no cuadraba con el digno desdén olímpico que se atribuía a los clásicos...»

Resulta difícil creer —dada la perspicacia de Brecht en el olisqueo de asuntos políticos— que le pasara inadvertida la descripción precisa que en el párrafo transcrito se hace, con pelos y señales, del ampuloso estilo oficial de los corifeos de Stalin. De cualquier modo, fuera consciente o no de su enésima colisión con el aparato oficial del stalinismo, lo cierto es que la versión del *Fausto* primitivo de Brecht, después de unas representaciones a prueba, equivalentes a lo que por estos pagos llamamos ensayo general con todo, y en dictamen previo al estreno público, mereció ser puesta en la picota por el Partido.

En las páginas de «Neue Deutchsland» apareció un texto justificador de lo injustificable: «...pero la escenificación por el Conjunto Berlinés, al contrario de lo que sucede en las tradiciones clásicas, produce un efecto de teatro de marionetas que no puede suscitar ningún sentimiento humano profundo... Creemos que es nuestro deber decir que los jóvenes colaboradores del Conjunto Berlinés, muchos de los cuales son muy inteligentes, están siendo llevados en una dirección falsa y que el director Monk está igualmente equivocado. Esto es obrar contra la herencia cultural, contra la cultura nacional alemana...» Como es más que lógico, obligado, Brecht retiró apresuradamente el proyecto de *Fausto* en la programación, mientras que su joven director Monk, citado por el oficioso crítico de «Neue Deutschland», huyó al Occidente en busca de climas estéticos más abiertos.

En el mismo año de 1953, acontecimientos político-sociales del Berlín-Este suscitaron en Brecht una actitud tan comprensible como objeto de acres censuras. Creo que el episodio bien merece un apartado propio.

La gran decisión vocacional

Ha sido escenificada —con algunas variantes que no afectan al meollo de la cuestión— por Günter Grass, en su obra *Los plebeyos ensayan la rebelión,* que es «en su mejor sentido un panfleto político —según el prólogo puesto por editor a su traducción al castellano—. Günter Grass pretende analizar un período de su historia inmediata: las manifestaciones de los trabajadores berlineses contra el Gobierno de la República Democrática Alemana. Si algo destaca, en una primera impresión, de la lectura de *Los plebeyos ensayan la rebelión* es, conforme con su carácter panfletario, su aparente claridad. *Los plebeyos ensayan la rebelión* se presenta en este primer momento como un ataque demoledor a la obra (y a la persona) de Brecht» (19).

El traductor de la obra, en su prólogo a la mencionada edición, es algo más explícito. Heleno Saña, tras señalar que la acción de la obra transcurre el 17 de junio de 1953, durante el alzamiento de los obreros alemanes contra el régimen comunista de Walter Ulbricht, «debido

(19) GÜNTER GRASS: *Los plebeyos ensayan la rebelión.* Traducción de Heleno Saña. Editorial «Cuadernos para el diálogo». Madrid, 1969. Prólogo de la editorial.

a la escasez de alimentos, a las privaciones materiales y a la falta de libertad».

Al regreso de Brecht a Alemania, fue presentado, muy fundadamente, como uno de los intelectuales germanos que más habían luchado por la libertad de sus compatriotas, negada por el totalitarismo nazi. Parece indudable que, para los obreros sublevados el 17 de junio, el dramaturgo era ejemplo vivo de la causa por la que se habían sublevado. En consecuencia, resulta del todo verosímil la invención escénica de Grass, según la cual, a poco de iniciada la revuelta, «una delegación de obreros se dirigió al teatro Schiffbauerdamm, de Berlín, en donde se hallaba Bertolt Brecht con su equipo de colaboradores ensayando la obra *Vatzgkaben*, de Strittmatter. Los obreros acudieron al famoso dramaturgo en busca de ayuda moral y con la petición formal de que Brecht redactase un manifiesto que los obreros querían leer desde los micrófonos de la emisora norteamericana *Rías*» (20).

Porque así convenía al entramado de la obra, Grass sustituye la pieza ensayada —*Vatzgkaben*— por *La tragedia de Coriolano*, de Shakespeare. Trueque por demás justificado, puesto que Brecht, al tiempo que ensayaba en el teatro la pieza de Strittmatter, trabajaba en su casa en la versión de la obra de Shakespeare.

Brecht tiene su contrafigura en la invención dramática de Grass en el dubitativo personaje denominado «Jefe», que, tras vacilaciones de todo género, concluye negándose a la redacción

---

(20) Prólogo de Heleno Saña Alcón al libro objeto de la nota precedente.

del documento. Heleno Saña atribuye tal decisión a que «las simpatías más o menos vagas que Brecht podía sentir por el proletariado en rebeldía eran menos fuertes que su adhesión al régimen comunista». No parece apuntar al mismo blanco su traducido Grass, según se desprende de algunos parlamentos básicos de la obra.

Por ejemplo, la reacción de los obreros comisionados ante las dilaciones del «Jefe» en redactar el manifiesto, en la escena final del primer acto de la obra de Günter Grass:

«ALBAÑIL.—¿Y nuestro papel? ¿Tendremos que tirarlo a la basura?

CARPINTERO.—Si no se le ocurre nada, que lo diga.

ENCALADOR.—¡Qué va! El Gobierno va a construirle un nuevo teatro.

ASFALTISTA.—Por eso no quiere hacer nada por nosotros.

ALBAÑIL.—Lo de siempre: bonzos. ¿A qué esperamos? *(Quiere marcharse.)*

VOLUMNIA.—Deja las muecas compungidas, hombre. ¡Haz algo!

JEFE.—Adonde quiera que mire, gentes que quieren hacer de mí un héroe a la fuerza. *(Se va.)*» (21).

En el transcurso de la acción, Grass incluye otras referencias al nuevo teatro de que va a disponer el «Jefe», con escenario giratorio y otros adelantos de la técnica.

---

(21) GÜNTER GRASS: *Los plebeyos ensayan la rebelión* (pág. 60).

Es de suponer que en esto no erró mucho ni poco Grass, y que la actitud inhibidora de Bert Brecht ante la sublevación de los obreros berlineses —de intencionalidad tan próxima a la de los «espartaquistas» de sus años juveniles— provenía más de una resuelta elección, con triunfo del teatro sobre la política, que de su fidelidad al régimen comunista. Están alterados los factores —y en tales casos, el orden sí influye en el resultado—: la dubitativa inhibición en favor de los obreros y su consiguiente prueba de lealtad al régimen iba a suponerle grandes facilidades para el desarrollo de su labor teatral y los máximos honores concedidos a la misma, de uno y otro bando; en el occidental —1954—, el primer premio en el Festival de París, otorgado a su obra *Madre Coraje,* y en la Unión Soviética —1955—, el premio «Stalin».

Aquellos para los que el teatro es una ética mucho más que una estética, y esos otros sostenedores de que, en el teatro, lo social es categoría superior a lo estético, es posible que reprueben el comportamiento del dramaturgo en aquel 17 de junio, que —ya al margen de la obra de Günter Grass— se limitó al envío de una carta abierta a Ulbricht el mismo día 17, con párrafos en los que expresaba su solidaridad con los sublevados. Lógicamente, tales párrafos no se dieron a la publicidad, y sí el último pasaje de la controvertida carta: «Constituye para mí una necesidad testimoniarle en este momento mi solidaridad con el Partido Socialista Unificado de Alemania. Su Bertolt Brecht.» Bien: hay muy fundadas sospechas de que el dramaturgo supo nadar y guardar la ropa...

Sabía, como buen comunista —comunista teórico, pues nunca fue miembro afiliado al Partido—, que las veladas críticas no iban a publicarse y que sólo se darían a conocer las líneas en las que ponía de manifiesto su personal adhesión al Gobierno, tal y como ocurrió.

No puedo sumarme a los radicalistas que censuran la apenas simulada inhibición de Brecht. Era hombre que tenía tras sí largos años de persecución y derrotas materiales. Prófugo primero del nazismo hitleriano y sospechoso y acusado después por el gran capitalismo USA, jamás renunció a su esencial vocación de dramaturgo, y ahora, cuando ponían a su disposición los medios suficientes de índole técnica y el necesario aparato propagandístico, era a todas luces excesivo exigirle que renunciara a todo; al fin y a la postre, tampoco su oposición habría evitado el aplastamiento del proletariado berlinés alzado, bajo los tanques soviéticos.

Ocurre simplemente que, ante tan decisiva opción, Brecht antepuso su vocación de hombre de teatro a sus no renunciadas preocupaciones políticas.

No obstante, una segunda misiva enviada a Ulbricht cuatro fechas después —el 21 de junio—, testimonia suficientemente su valor cívico.

Deshielo político y muerte física

En el otoño de 1954 —muerto ya Stalin e iniciado el «deshielo» político— pudo ser representada en los escenarios del Berlín oriental una de las grandes obras de madurez de Brecht:

El círculo de tiza caucasiano, escrita diez años antes.

Aquella representación brindaba modernidad y audacia en dosis tonificantes, y suponía un soplo de libertad..., no exenta de concesiones. Pero la crítica dependiente del Partido le opuso gravísimos reparos, y si la obra no se fue al traste, habrá que agradecerlo al cambio de directrices procedentes de Moscú.

Así es cómo Brecht pudo sobrevivir al stalinismo, a diferencia de, por ejemplo, Meyerhold. (Meyerhold, el máximo innovador del teatro en la URSS, fue liquidado en 1939 por Stalin, en tanto que su mujer, la famosa actriz Sinaida Reich era asesinada en su domicilio.) A Brecht le favoreció su proximidad al mundo occidental, así como la gran cantidad de obras que alteró o falseó. Y su incansable voluntad de dar explicaciones a la fuerza de ocupación soviética. También la discreción de que hizo acopio cuando algunos de sus colaboradores fueron apresados o emprendieron la fuga a Occidente.

Característica de esta posición de equilibrio fue su ya vista actitud ante la rebelión popular del 17 de junio y la publicación mutilada de su carta a Ulbricht. Que, por lo demás, apenas le sirvió para seguir en su vocación teatral; en la primavera de 1956, dos años y medio después de aquella humillación, tenía que confesar en un discurso: «El teatro de la República Democrática Alemana pertenece, desgraciadamente, desde mi punto de vista, a los pocos teatros de Europa que no representan mis obras...»

Esta es, acaso, la más dolorosa contradicción brechtiana. El desencanto perceptible en su denuncia de 1956 responde a una situación que permanece hoy: el teatro de Brecht se representa más en el llamado mundo occidental que en el soviético o sovietizante. En uno de los boletines culturales de 1969, de los que con el nombre de *Kulturbrief* edita el Gobierno de Bonn, apareció una nota sobre escenificaciones de obras de Brecht. Aunque se refiere a teatros de habla alemana, sin especificar, la fuente proviene de una editorial de Francfort, por lo que parece sensato deducir que se refiera a teatros de la Alemania Federal. La nota dice así: «En los teatros de habla alemana se han presentado 796 escenificaciones de obras de Brecht desde 1950 hasta comienzos de 1968, según comunica la Suhrkamp Verlag, de Francfort. *Madre Coraje* va a la cabeza, con 105 escenificaciones, seguida de *El señor Puntila y su criado Matti* (87), *La ópera de perra gorda* (74), *El alma buena de Se-chuan* (73) y *Terror y miserias del III Reich* (57). El número total de representaciones fue de 15.920. En la «edition Suhrkamp» se vendieron en ese tiempo 410.000 ejemplares de *Madre Coraje,* 265.000 de *Galileo Galilei* y 245.000 de *El alma buena de Se-chuan.*»

El síntoma se agrava por el hecho de que, entre los profesionales del teatro, surge una desmitificación con caracteres tan radicalizados como años atrás lo fue la veneración próxima a la histeria que despertara la figura de Brecht. En efecto, con sólo dos días de intervalo, en febrero de 1970, un autor español con larga residencia en el exilio americano, José Ricardo Morales, y la yugoslava Mira Trailovic, directora escénica y fundadora del Festival Internacional de Belgrado, hicieron declaración expresa de su indiferencia y desinterés por la producción dramática del autor de *Madre Coraje*. José Ricardo Morales —hoy fallecido— era un dramaturgo con 18 obras estrenadas, profesor de arte y arquitectura. Nacido en Málaga en 1905, estudió en Valencia Filosofía y Letras y residió 30 años en Chile. A su regreso a España, en 1970, fue entrevistado por Juan Pedro Quiñonero, para el diario «Informaciones». Y el entrevistador sugiere: «En una conversación sobre teatro, por mínima que sea —es una opinión particular, claro—, resulta inevitable, en la actualidad, hacer mención a Brecht. ¿Qué me dice?» Respondía Morales, taxativo: «Es una opinión, desde luego. Ahora, a mí no me interesa grandemente.» «Es una sorpresa esa respucsta, ¿no?», retrucó Quiñonero. Y Morales: «Usted sabrá. No me interesa porque no creo en los sermones dramatizados. Creo poco en las tesis, cuando unos personajes se visten con unos ropajes determinados y pretenden tipificar una situación determinada de antemano. A mí, sinceramente, no me atrae... Si el pensamiento se ritualiza, deja de ser auténtico pensamiento. Si el pensamiento se cosifica, parece que casi ya no es un pensamiento, sino la utilización del pensar. Así lo creo, qué quiere que le diga.»

El asombro de Quiñonero y su desconcierto sólo se explican por el hecho de confundir a su entrevistado, que era liberal, pero no marxista.

La opinión de Mira Trailovic en la entrevista que 48 horas más tarde publicara Julio Trenas en «A B C» es, si cabe, más resueltamente peyorativa. Dijo así la directora yugoslava: «Para mí, la influencia de Bertolt Brecht no se refleja ya en la vanguardia teatral. La influencia de Brecht ha pasado, su pensamiento político no está muy acorde con nuestras necesidades actuales y sus posiciones artísticas han sido superadas.»

Si uno compartiera tales opiniones, está claro que no habría escrito este libro. Pienso que ambas pecan por cicatería en igual medida que otras adolecieron de mitificación, en los años del Conjunto Berlinés. Y que en el justo medio está la virtud...

Pero falsearía los hechos si ocultara la extensión de fenómeno desmitificador de Brecht. En agosto de 1973 entrevisté en Méjico, para «La Estafeta Literaria», al dramaturgo Rodolfo Usigli, autor de *El gesticulador, Buenas vacaciones, señor presidente* y muchas obras más que le han valido para ser calificado como «el crítico dramático de la Revolución mejicana», y que, por otra parte, es director de la Oficina de Repertorio del Teatro Popular de Méjico. Aunque en las preguntas para nada aludí al dramaturgo germano, por dos veces Usigli dejó bien sentada su discrepancia con Brecht, si bien pienso que se refería más al teórico teatral que a su propia obra dramática.

Cuando le interrogué sobre el grado de preparación teatral del pueblo mejicano, en su respuesta insertó este párrafo: «Estamos formando, gradualmente, un público antibrechtiano, un público que, por así decirlo, comulga en la misa del teatro.» Y a otra pregunta sobre compaginación de lo nacional y lo universal en el teatro mejicano: «...Además, considero, contra Brecht, que el teatro debe tener una identidad personal..., porque el teatro, como los hombres, se alimenta de la tierra, y su dieta y su bebida tienen siempre una identidad personal» (22).

Pero nada de estos «desenganches» pudo afectar a la personalidad humana de Bert Brecht, fallecido, de infarto de miocardio, un cuarto de hora antes de que finalizase el día 14 de agosto de 1956, hallándose en su domicilio. (Cuatro fechas antes, pese a su endeble salud, todavía asistió a un ensayo de *Galileo Galilei*, hombre de teatro hasta el fin de su existencia.) Cuando los jerarcas de la República Democrática Alemana se disponían a preparar un solemne entierro, con todas las pompas oficiales habidas y por haber, se encontraron con una carta del dramaturgo en la que solicitaba que, en el caso de su muerte, no se llevara a cabo ceremonia alguna y que lo enterraran con la máxima sencillez en el cementerio a donde daba la ventana de su cuarto de trabajo. Y allí, en Dorotheenfriedhof, fue inhumado, cerca de la tumba de Hegel, el 17 de agosto. Las últimas disposiciones de Brecht no pudieron evitar que, al día siguiente de que la tierra acogiese su cadáver, tuviese efecto una ceremonia fúnebre de carácter oficialista, en el ámbito de su tan querido Conjunto Berlinés, con exégesis necrológicas de Georg Lukács, Johannes Becher y el propio Walter Ulbricht.

---

(22) «La Estafeta Literaria», núm. 524, del 15-IX-1973.

IV

LA RAZON Y EL SENTIMIENTO

Así pasó el tiempo
que se me dio sobre la Tierra.

— 3 —

Vosotros que surgiréis de la corriente
en que nosotros perecimos,
recordad,
cuando habléis de nuestras flaquezas,
también el tiempo oscuro
del que habéis escapado.

Porque íbamos, más a menudo que de calza-
[do, cambiando de países
por las luchas de clases, desesperados
de hallar, sin rebelión, sólo injusticia.

Pero además sabemos:
También el odio contra la bajeza
desfigura los rasgos.
También la rabia por lo injusto
pone las voces roncas. Ay, nosotros
que queríamos preparar el suelo para el amable
nosotros no pudimos ser amables. [vivir,

Mas vosotros, si es que se llega
a que el hombre una ayuda al hombre sea,
recordadnos
con indulgencia (23).

Deliberadamente elijo para este capítulo dedicado a la producción teatral de Bertolt Brecht los dos vocablos que él emplea al diferenciar la forma dramática del teatro de la forma épica, y con no menor rigor analítico procedo a trastrocar el orden en el que Brecht utiliza ambos conceptos. Si no sobraran argumentos diáfanos en sus mejores dramas para llevarnos a la convicción de que el hombre de teatro que era Brecht utilizó siempre el sentimiento como recurso decisivo, y no la razón, como sostenía el teórico Brecht, pongo por delante los versos últimos de su poema *A la posteridad,* en traducción inmediata a la muerte del dramaturgo efectuada por el poeta español Antonio de Zubiaurre, lector de español en la Universidad de Hamburgo por entonces. En ellos tendrá el atento lector un testimonio fehaciente de hasta qué punto prevalecía en Brecht el sentimiento sobre la razón.

(Debo aclarar que de este mismo poema reproduzco unos versos al final del capítulo segundo, en versión distinta de López Pacheco, titulada *A los hombres futuros.* Las traducciones no difieren sustancialmente; mas la de Zubiaurre, publicada como inmediato homenaje a

---

(23) Fragmento del poema de Brecht *A la posteridad,* traducido por Antonio de Zubiaurre para la revista colombiana «Mito», en 1956, núm. 9, agosto-septiembre.

Brecht en la muerte del dramaturgo, no podía faltar aquí.)

Pero volvamos al tema de la primacía del sentimiento sobre la razón: bien podría argüírseme que empleo categorías heterogéneas, que poesía y teatro no son la misma cosa ni es lícito acomodar una y otro a idénticas reglas analíticas. Quienes tal hiciesen, sin duda andaban sobrados de suspicacia. De sobra sé que a distintos géneros literarios no puede aplicárseles la misma norma, y por eso aduje que incluía el fragmento poético de Brecht como *testimonio* y no como *prueba*. Para probar que el hombre de teatro Brecht no vaciló en usar de recursos emocionales en sus obras, incurriendo en flagrante contradicción con los esquemas teóricos propios, bastaría traer a colación escenas culminantes de sus obras de madurez, en las que Brecht deja de lado el distanciamiento, el didactismo y otros etcéteras, para emplear sus mejores cualidades de gran dramaturgo en la tarea de emocionar y conmover a los espectadores. ¿Títulos? Con tres bastarán, porque se da además la circunstancia de haber sido estrenadas en España: *Madre Coraje* —versión de Buero Vallejo—, *El alma buena de Se-chuan* —titulada aquí por sus traductores, José Monleón y Armando Moreno, *La persona buena de Sezuan*— y *El círculo de tiza caucasiano* —versión de Pedro Laín Entralgo—, citadas por el orden cronológico de estreno en Madrid.

Tras estas puntualizaciones, llega el momento de transcribir el enfrentamiento de peculiaridades que Brecht estableció entre la forma tradicional del teatro y la por él ideada. Bien sé que, con ligeras variantes, que sin duda tienen su origen en la dificultad de trasladar algunas locuciones alemanas a las equivalentes españolas, no hay libro, opúsculo, folleto y hasta artículo periodístico referentes a Brecht que no incluyan esa tabla comparativa, pero en ella se basa la teoría brechtiana del teatro épico y no parece lógica su exclusión aquí. He elegido la transcripción al castellano de un libro que, por ser alemán su autor, ofrece mayores garantías de fidelidad al texto originario:

«FORMA DRAMATICA DEL TEATRO	FORMA EPICA DEL TEATRO
Se actúa.	Se narra.
Envuelve al espectador en una acción escénica.	Hace del espectador un observador, pero
Absorbe su actividad.	Despierta su actividad.
Le hace experimentar sentimientos.	Le obliga a adoptar decisiones.
Vivencia.	Imagen del mundo.
El espectador es introducido en algo.	El espectador es puesto frente a algo.
Sugestión.	Argumento.
Las sensaciones se conservan como tales.	Las sensaciones se llevan a una *toma de conciencia*.
El espectador está en medio de la acción: simpatiza.	El espectador está frente a la acción: estudia.
El hombre como algo conocido de antemano.	El hombre como objeto de investigación.
El hombre inmutable.	El hombre mutable y en mudanza.
Tensión desde el comienzo.	Tensión en el curso del desarrollo.
Cada escena para la siguiente.	Cada escena para sí.
Acción creciente.	*Montaje*.
Suceder lineal.	Suceder en curvas.

FORMA DRAMATICA DEL TEATRO	FORMA EPICA DEL TEATRO
Determinación del curso por evolución.	Por saltos.
El hombre como algo fijo.	El hombre como proceso.
El pensar determina al ser.	El ser social determina el pensar.
Sentimiento.	Razón» (24).

He querido dar el esquema que enfrenta dos concepciones en teoría antipódicas en transcripción literal de la traducción que José Pérez Ruiz hizo del libro de Melchinger —con respeto de los atentados a nuestro idioma, tales como *toma de conciencia* y *montaje*, pero distinguiéndolas tipográficamente... por el buen parecer—, toda vez que se trata del punto de partida hacia la realización de lo que el muy calificado tratadista Roland Barthes denominó, en vida aún de dramaturgo, «la revolución brechtiana». El artículo, inicialmente publicado como editorial del núm. 11 de la revista «Théâtre Populaire» —enero - febrero de 1955—, dedicado a Brecht, figura en el libro *Essais critiques* (París, 1964) y, claro, en la traducción española que del mismo hizo Carlos Pujol. Con brevedad altamente expresiva, Roland Barthes establece una ágil comparación entre el teatro «aristotélico» y el teatro «épico».

Resumamos los puntos esenciales del doble análisis de Barthes:

«Desde hace veinticuatro siglos, el teatro en Europa es aristotélico; todavía hoy, en 1955, cada vez que vamos al teatro..., decretamos el

(24) SIEGFRIED MELCHINGER: *El teatro desde Bernard Shaw hasta Bertolt Brecht*. Buenos Aires, 1959.

bien y el mal en función de una moral secular cuyo credo es el siguiente: cuanto más se conmueve el público, cuanto más se identifica con el héroe, cuanto más la escena imita a la acción, cuanto mejor encarna el actor su papel, cuanto más mágico es el teatro, mejor es el espectáculo.

Ahora bien, llega un hombre cuya obra y cuyo pensamiento se oponen radicalmente a este arte, tan ancestral, que teníamos los mejores motivos del mundo para creerle *natural;* un hombre que nos dice, desdeñando toda tradición, que el público sólo debe identificarse a medias con el espectáculo, de modo que *conozca* lo que se le muestre en él en vez de sufrirlo; que el actor tiene que colaborar a que se forme esta conciencia, denunciando su papel, no encarnándolo; que el espectador no debe nunca identificarse completamente con el héroe, de modo que pueda seguir siendo siempre libre de juzgar las causas, y más tarde los remedios, de su sufrimiento; que la acción no debe ser imitada, sino contada; que el teatro debe dejar de ser mágico para convertirse en crítico, lo cual, además, será para él el mejor modo de ser caluroso.

Pues bien, en la medida en que la evolución teatral de Brecht vuelve a poner en tela de juicio nuestras costumbres, nuestros gustos, nuestros reflejos, las *leyes* mismas del teatro en el que vivimos, nos hace renunciar al silencio o a la ironía y mirar a Brecht cara a cara.»

Hasta aquí, Barthes y su explicación de dos teatros antipódicos. Brillante y ágil, ya queda dicho. Pero también simplista en exceso. Porque cuando se refiere a «la evolución teatral de Brecht», resulta diáfano que considera tal evolución en cuanto a distinta de la costumbre vigente muchos siglos antes, a la par que hace caso omiso de la personal evolución de Bert Brecht en su propia obra dramática. Y es que entre el teórico del teatro que en 1930 formula su ideario del teatro épico y el dramaturgo maduro que, a partir de 1938, abandona el didactismo dogmático para crear piezas de libre inspiración y con buenas dosis de fantasía, media un abismo. Acaso Barthes lo intuyó, pues a su analítica sutileza no pudieron pasar inadvertidas las cambiantes calidades de piezas como *Madre Coraje*, *Galileo Galilei* —o *La vida de Galileo*, que con ambos títulos se ha representado—, *El señor Puntila y su criado Matti* y *El círculo de tiza caucasiano*. Quizá por eso recogió velas: «Sea lo que sea, lo que finalmente se decida sobre Brecht, a menos hay que señalar el acuerdo de su pensamiento con los grandes temas progresistas de nuestra época» (25). Ante semejante aseveración, tan enraizada en condicionamientos personales, no queda sino admitir su veracidad. Que Brecht fue siempre progresista en su pensamiento y también en su producción dramática, no tiene vuelta de hoja. Pero opino que para llegar a la esencia de su peripecia personal y artística, se hace necesario un final examen de las diversas características observables en las tres etapas perfectamente diferenciadas de su ejecutoria dramática.

---

(25) ROLAND BARTHES: *Ensayos críticos*. Editorial Seix Barral, S. A. Barcelona, 1967. Traducción de Carlos Pujol.

Primer período: expresionismo crítico

En estos tiempos, la alienación tiene, evidentemente, lo que en certera metáfora ha dado en llamarse «mala prensa». Y no faltan razones para que así sea. Pero ¿merece mejor aceptación social la postura opuesta, es decir, la alineación? En el ámbito de la creación artística, tan reprobable son la una como la otra. La alienación, porque sitúa al creador como ente ajeno a sus semejantes, en actitud de la más absoluta indiferencia, típicamente asocial. Y la alineación, en cuanto supone alistamiento en una determinada facción de la comunidad, en detrimento de las otras.

El joven Brecht, en su primera época creativa, sintió instintiva repulsa hacia los dos extremos, porque la sinceridad es virtud hecha primordialmente para la juventud, y en los años que van de 1918 a 1928, más o menos, el dramaturgo empezó con obras que seguían los pasos a la manera de sus expresionistas amigos mayores, desde *Baal* hasta *Mahagonny*, pasando por todas sus breves piezas para teatro-cabaret. Y, sin embargo, esta producción primera, aun cuando carente de los recursos de la dialéctica marxista, utiliza ya lo que con el tiempo será bautizado —en bautismo multitudinario— como efecto de distanciación o de extrañamiento. Y es que el ambiente anárquico de los poetas expresionistas que Brecht escenifica en sus piezas primigenias es, según la opinión del autor, entre otras cosas, también un testimonio crítico de aquella sociedad. El pensamiento es muy posible que resulte aún ingenuo, pero el sentimiento, en sus más hondas raíces, está basado en una muy sincera visión crítica de la realidad.

La confluencia de expresionismo y crítica se entiende a la perfección en cuanto caigamos en la cuenta de que si el joven Brecht era, de una parte, asiduo a las tertulias de los poetas adictos al expresionismo, por la otra se consideraba implicado en el movimiento espartaquista.

El retoño de Wedekind y otros autores expresionistas va más allá que sus modelos, en cuanto agrega una dimensión crítica al expresionismo de aquellos a quienes siguió, sin barruntos de imitación o plagio, sino adecuándolos a su personal concepción dramática.

El didactismo

Desde *El vuelo de Lindberg* a *Los fusiles de la madre Carrar* —esta última, la aportación de Brecht a la guerra civil española—, la segunda etapa de teatro de Brecht, compuesta por obras en las que el desarrollo, los personajes y, sobre todo, el desenlace, han sido ideados para probar determinados dogmas y no por la riqueza de inventiva del dramaturgo. La primacía de su finalidad didáctica conduce a Brecht a frecuentes caídas en la inverosimilitud y, en general, a predeterminar el destino de sus tramas con arreglo a convicciones que desea ver compartidas por los espectadores, aun a riesgo de forzar el desenvolvimiento del conflicto y las naturales reacciones de los personajes, de manera que aquél obedezca a disposiciones dogmáticas, en tanto que éstos actúan no como personas dramáticas, sino como marionetas que el autor maneja, no a su antojo —que eso sería teatralmente válido—, sino de conformidad con la argumentación marxista.

Con todo, las excepcionales dotes de Brecht como dramaturgo, consiguen —en ocasiones que con júbilo registramos— superar tales escollos. En lo que a esta etapa respecta, hay por lo menos tres obras que mantienen intactas sus excelencias teatrales, sin que ello vaya en detrimento de su tesis ideológica. Algo que sólo está al alcance de mentes privilegiadas en orden a la creación dramática.

Son estas piezas *La ópera de perra gorda,* escrita en el mismo año en el que Brecht comienza a dar su viraje hacia el didactismo, pero muy distante de las limitaciones de éste; *Santa Juana de los mataderos* —que data de 1929-1930—, y *La madre,* adaptación de la novela de Gorki, de 1932. En dichas tres obras, el excepcional talento de Brecht logra aunar la ortodoxia de la tesis marxista con la libre manifestación de una fantasía creadora de situaciones y de criaturas dramáticas con muy auténtica carnadura humana. En orden totalmente subjetivo de preferencias, estimo que *Santa Juana de los mataderos* encabeza, a notable distancia de las otras dos, la tabla de puntuación de valores dramáticos, sin que ello suponga demérito para las restantes. No en vano, el estreno de *La ópera de perra gorda,* el 21 de agosto de 1928, ha sido considerado por el severo tratadista Hans Egon Holthusen, en su ya citado libro sobre Brecht, como «uno de los acontecimientos más memorables de la Historia de la Cultura de los años veinte. En la obra se sumaba todo lo que constituía la fascinante modernidad del arte: el sentido antiburgués del mundo, el patetismo sarcástico de la desilusión, la revalorización artística de facetas desconocidas del hombre y la sociedad, el gusto duro y recio del llamado neorealismo y todo lo que los revolucionarios del teatro habían desarrollado en cuanto a técnicas y procedimientos de halago y revulsión».

Pero *Santa Juana de los mataderos* supone, en la producción brechtiana, el logro cimero de esta época inmediatamente anterior a la del parto de sus obras maestras. Es..., ¿cómo diríamos?, algo aparte. Como la llamarada súbita entre las sombras de un atardecer nebuloso. Por igual distante de las personalísimas interpretaciones —con falsilla— del expresionismo, visible en la producción del decenio 1918-1928 y de la andanada de pedantescos aleccionamientos que caracterizan al didactismo brechtiano.

La pieza es un bien concebido y mejor estructurado ejemplo de la afluencia en una trama escénica de abundantes situaciones contrastadoras, hallazgos lingüísticos y calidades rítmicas. Se dan la mano en su transcurso satíricos fogueos juveniles y una vía emocional de gran calado. La tragedia de esta Johanna Dark de Chicago, pese a todos los insertos didácticos concebidos por Brecht —siempre consecuente con su teoría—, es más conmovedora que paradigmática. Una vez más, nos hallamos ante un pirandelliano fenómeno de personajes que disfrutan de albedrío superior al que les había sido otorgado por su creador, y hasta lo contradicen en sus definiciones. Frente a la acotación preconcebida de explicar los hechos mediante frías narraciones y elegidos métodos de extrañamiento, está la involuntaria emoción dramática del conflicto imaginado por Brecht y que, junto al calor humano de sus personajes, logra iguales efectos con fórmulas contrapuestas.

Dichas fórmulas proceden, fundamentalmente, de las *sucesivas iluminaciones* de la protagonista, hecho sagazmente advertido por Guerrero Zamora cuando, en relación a las contradicciones en que incurre el dramaturgo en la pieza, escribe:

«Son éstas fundamentalmente dos: de qué forma la religión se convierte en un instrumento de la impunidad capitalista y en qué consiste la ruindad de los pobres. Analicémoslas, porque son dos constantes brechtianas.»

Tras el prometido análisis de las causas que originan las actitudes del propietario Pierpont Mualer —«rey de la carne»— y de Johanna Dark —*La Santa Juana de los mataderos*—, Juan Guerrero Zamora concluye con un muy lúcido y ahondador juicio, pese a la aparente paradoja que entraña: «La situación sigue siendo, por lo tanto, centro determinante, aquí, de la moral, que en ella se califica o descalifica. Pero esta conclusión del materialismo marxista brechtiano, ¿no entra, en otros términos, en un juicio católico? ¿Acaso en el juicio de Dios no pesa la situación social como eximente o agravante? Aunque, eso sí, no solamente pesa la situación social, difiriendo en esto la infinita matización de la justicia divina con la exclusiva supeditación de la moral a la relación social, establecida por el dramaturgo germano» (26).

---

(26) JUAN GUERRERO ZAMORA: *Historia del teatro contemporáneo*. Tomo 2.º. Juan Flors, editor. Barcelona, 1961.

Aunque *La Santa Juana de los mataderos* fue escrita entre 1929 y 1930, y varios teatros alemanes la estaban ensayando poco antes de que los nazis llegaran al poder, sólo llegó a escenificarse públicamente en Darmstadt y bien fugazmente, pues la misma noche del estreno, el teatro fue asaltado por milicias armadas que causaron la dispersión de los espectadores.

Respecto a las otras dos obras de Brecht que remontaron el tono dogmático de este segundo período, aunque son indudables sus felices hallazgos, tanto escénicos como de concepción total, van lastradas por el hecho de que ambas hayan sido recreadas a partir de textos ajenos: *La ópera de perra gorda* se basa en la *Opera del pordiosero,* de John Gay, enriquecida con el enjuiciamiento de la historia original, que Brecht critica recurriendo tanto al efecto de extrañamiento como a las ilustraciones musicales y letras de cantables. Y *La madre,* ya hemos dicho que se trata de una versión escénica libre de la novela de igual título de Gorki.

Añadiré únicamente que si utilicé el verbo *recrear* para ambas obras —procedente también para otras muchas en la producción brechtiana, inspiradas en leyendas orientales, etc.—, no lo hice a humo de pajas, sino para manifestar un criterio opuesto al de ciertos tratadistas que —ignoro si por miopía o alevosamente—, al tratar de este fenómeno, han acusado a Brecht de plagiario. Nada más lejos de la verdad. Brecht no ocultaba jamás los ajenos manantiales en los que bebió —directa o indirectamente— para la realización de algunas de sus piezas. Y supone gran cicatería calificar de plagio lo que no era sino actitud abierta siempre a cualquier ideación que pudiera ser utilizada para sus fines —didácticos o épicos— teatrales, mediante la previa, penetrante y personalísima labor de adecuación. El procedimiento brechtiano es lo más distante que imaginarse pueda al mero calco. Y en todo cuanto —ya escrito— le atraía, dejaba su inconfundible sello de genial dramaturgo.

Culminación de su maestría

Se trata aquí de lo que, comparándolo con el total de la producción brechtiana, Melchinger ha designado como «superación poética de la propia ortodoxia» (27).

La ortodoxia del teatro épico, del teatro «no aristotélico», concebido por Brecht sobre la íntima convicción de que el hombre debe ser representado como objeto de la historia. «La materia dramática es el proceso histórico, porque el individuo sólo de él resulta y en él se realiza. Como este proceso se presenta en sucesiones temporales y en contradicciones, en estadios de evolución y de revolución, en curvas y saltos, la imagen dramática debe mostrar estos rasgos. No puede satisfacerse con una construcción, sino que debe expresar el proceso en vivo. Esto mismo conduce a la forma épica. Brecht lo hace notar cuando dice: *Esta forma es, por tanto, cualquier cosa menos una disposición en serie a manera de revista*» (28). Como quiera que el elemento formal —la negación de las fa-

---

(27) SIEGFRIED MELCHINGER: *op. cit.* en nota 24.
(28) ERNST SCHUMACHER: *Die Dramatischen Versuche Bertolt Brecht 1918-1933*. Berlín-Este, 1955.

mosas tres unidades— aparece en primer plano, Brecht, en las notas a la teatralización de la novela de Gorki *La madre*, funda la «dramática antimetafísica, materialista, no aristotélica», expresamente contra la tesis de la purificación catártica por el terror y la compasión. En sustitución de tal metodología, se presenta al espectador una actitud crítica, con la consiguiente propuesta de intervenir en el sistema sociopolítico vigente, para transformarlo.

Pero ocurre que, frente al Brecht teórico, va a enfrentarse el Brecht dramaturgo. Porque, en la práctica, después de *La madre* (1930-31), apenas ha vuelto a emplear esta extrema teoría del drama no aristotélico. En *La madre* sí, todavía, si bien ya con características más atenuadas: «Por su sola condición de madre revolucionaria —escribe Barthes—, Pelagia Vlassova no satisface ningún tópico; no predica el marxismo, no suelta tiradas desencarnadas sobre la explotación del hombre por el hombre, y por otra parte, no es la figura esperada del Instinto Maternal, no es la Madre esencial: su ser no está al nivel de sus entrañas» (29).

La carencia de tópicos y convencionales latiguillos en la protagonista de *La madre* —comentada por Roland Barthes— influyó acaso decisivamente para incluir esta dramatización de la novela de Gorki, junto a *La ópera de perra gorda* y *La Santa Juana de los mataderos*, entre las producciones de mayor calidad, dentro del período que va de 1928 a 1938, signado por el didactismo a ultranza.

---

(29) ROLAND BARTHES: *Ensayos críticos*. Seix-Barral, Barcelona, 1967. Traducción de Carlos Pujol.

No ignoro que subsisten brechtistas —más que brechtianos— anclados todavía en sus tesis de los años treinta, y no aceptan otro Brecht que el del teatro épico y hasta, si me apuran, del didáctico. Pero también me consta que sus obras mejores del último período se apartan ostensiblemente de los postulados que otrora mantuvo, y que no por casualidad son sus títulos de difusión más extendida.

De las cinco obras magistrales que resalta Holthusen, tres han sido estrenadas en nuestro país por teatros comerciales y una —*El señor Puntila y su criado Matti*— obtuvo dos representaciones en el ciclo que sobre «Brecht y las nuevas tendencias» organizó el Instituto Alemán de Madrid, con la colaboración de la Real Escuela Superior de Arte Dramático, en abril de 1970. Además, se complementó el ciclo con lecciones y conferencias de José Monleón —director del curso—, Carlos Ruiz, Francisco Estruch, Francisco Pierrá, Cristina Larentis, Francisco García Pavón, Lorenzo López Sancho y Francisco Nieva, más coloquios con Klaus Schlette, director de la escenificación.

Es decir, que del aludido quinteto de obras, solamente *La vida de Galileo* permanece inestrenada entre nosotros, aunque no inédita, pues de lectura pueden conocerla los aficionados al teatro, en la traducción que con el título de *Galileo Galilei* publicó Ediciones Losange, de Buenos Aires, en 1956.

En sesiones de teatro experimental se han estrenado otras obras de Brecht, de todas las épocas: *El que dijo sí; el que dijo no*— pieza básica para el entendimiento de Brecht—, *La excepción y la regla* y acaso alguna otra.

La primera obra de Brecht que llegó al público en España fue *Madre Coraje,* en traducción de Buero Vallejo, quien para la oportunidad escribió muy meditados conceptos en torno al teatro de Brecht, a los 10 años de la muerte de éste. (La versión española de *Madre Coraje* se estrenó en el teatro Bellas Artes el 6 de octubre de 1966). Sobre el autor augsburgués escribió entonces Buero párrafos sintetizadores de gran calado: «Está sufriendo este autor lo que él, de saberlo, repudiaría: la conversión de su figura en un mito. Contamos ya con brechtianos ortodoxos que aspiran a paralizar, a *fijar* su enseñanza en lugar de continuarla. Los habrá entre ellos, sin duda, que no perdonarán ningún montaje de Brecht si no se atiene férreamente a su teoría del *teatro épico* y a sus famosos *efectos de extrañeza,* tal como esas personas creen que son... Ya Piscator había hablado, antes que Brecht, de *teatro épico;* la sistematización teórica de ese concepto creada por Brecht subraya la oposición del *teatro épico* —en el sentido de *narrativo*— al *dramático* —en el sentido de *actuado*—.» Y, clarificador, agrega Buero: «El mismo Brecht habría de declarar al final de su vida, ante su biógrafo Schumacher: *Me pregunto seriamente si no sería mejor renunciar a este concepto del teatro épico.* Sin abandonarlo en su madurez, lo había matizado ya. La inicial sequedad de sus *obras didácticas* da paso a la riqueza de sus grandes logros posteriores» (30).

---

(30) Francisco Alvaro: *El espectador y la crítica.* Año IX. Valladolid, 1967.

El éxito de *Madre Coraje* en Madrid sorprendió a la propia empresa..., quizá porque no era brechtiana (o brechtista).

La persona buena de Sezuan se estrenó en Madrid el 1 de febrero de 1967, después de haberlo hecho en el Romea de Barcelona, por la compañía de Nuria Espert y con dirección de Ricard Salvat —que tan ansiosamente han bebido en fuentes brechtianas—, cuando aún no había sido retirada del cartel *Madre Coraje.*

La persona buena de Sezuan es considerada por su autor como parábola dramática, género muy próximo al didactismo, originariamente derivado de parábolas evangélicas y luego generalizado. Cada vez que el teatro pretende aleccionar, la parábola surge como posibilidad escénica fundamental. Pese a la brechtiana creación que de su doble personaje hizo Nuria Espert y a la cualidad de experto en Brecht que posee Ricard Salvat —datos para añadir a la impecable tarea traductora de Monelón y Moreno—, la pieza pasó por el escenario del Reina Victoria con más pena que gloria. Muy contrario es el caso de *El círculo de tiza caucasiano,* también parábola, estrenada en el María Guerrero el 11 de abril de 1971, con éxito clamoroso. (Su prematura retirada se debió a causas extrateatrales). Es la más lírica, honesta y cabal de cuantas piezas ideó Brecht en este tercer período de su producción, y tanto la tarea traslaticia de Laín Entralgo como su impecable escenificación, la hicieron merecedora de más larga permanencia, sin los «condicionamientos» que mediaron, cuando la excelente pieza había remontado —a teatro lleno— las ciento cincuenta representaciones...

Brecht escribió *Kaukasische Kreidekreis* entre 1943 y 1945, al final de su exilio en Norteamérica, basándose en un milenario cuento oriental y en el drama pacifista *Kreidekreis,* de Klabund, escenificado por Reinhardt en 1915. Brecht añadió de su propia inventiva el prólogo, que transcurre en cierto valle soviético... y un magistral tratamiento escénico que sitúa a esta «parábola» brechtiana a muchos codos por encima de usuales logros, a la vez que ocupa el lugar más aventajado entre las obras del dramaturgo alemán. Al igual que Tamayo —director de *Madre Coraje*—, José Luis Alonso no es brechtiano de profesión; de ahí que haya podido entender tan cabalmente a Brecht. Su dirección escénica resultó un ejemplo de equilibrio, con respeto para el «efecto de extrañamiento» brechtiano —intervenciones del narrador, canciones con música de Dessau, etc.—, sin mengua de acreditar su entendimiento del teatro como un arte complejo, en el que todos y cada uno de sus elementos constitutivos han de merecer idéntica atención. José Luis Alonso es maestro en el uso de factores artísticos contrapuestos —entre el esperpéntico cuadro de la boda y el ingenuismo paródico de los soldados con máscaras orientales y cascos nazis hay un arriscado camino conceptual—, sin que de la mezcla resulte un combinado más o menos indigesto y por demás explosivo, sino un todo armónico.

Al margen de la patética peripecia de la madre postiza Grusha, la almendra está en la tesis: el hijo ha de ser para la que compensó el abandono de la propia madre, de igual modo que el valle debe ir a manos de los que moran en él y lo cultivan.

En cuanto a *La vida de Galileo,* no es posible juzgarla sino por la traducción argentina de 1956, hecha por Fernando L. Sabsay para Ediciones Losange, con el título de *Galileo Galilei.* Es otro testimonio de la condición de hombre clandestino de Brecht, puesto que escrita entre 1938 y 1939, en el exilio danés, al tener su autor noticia de que los físicos alemanes habían logrado la desintegración del átomo de uranio, tuvo que esperar tres quinquenios hasta su estreno, por el Piccolo Teatro de Milán, en el último mes de 1953. Es un testimonio más de la condición del hombre que, en posesión de la verdad, se ve forzado a acreditarla por medio de su hija Andrea, que pasa clandestinamente una copia de sus memorias a país extranjero.

y V
VIGENCIA A LA TOTALIDAD CAMBIANTE

Hará mal quien piense, inducido por el anterior capítulo, que sólo las obras de Brecht superadoras de sus esquemas políticos, son dignas de consideración.

Brecht ha sido un tan intuitivo hombre de teatro, que en todos sus muy distintos períodos de creación ha dejado huellas de su magisterio dramático. Incluso en la inicial etapa de obras escritas bajo la influencia del excéntrico Karl Valentin, según hemos podido comprobar bien recientemente, con el estreno por «Los Goliardos», el 30 de abril de 1973, de *La boda de los pequeños burgueses,* aun cuando Brecht tituló su producción escuetamente *Die Hochzeit* —cuya traducción literal sería *La boda*—, estrenada con tal título en Francfort (1926), por lo que colijo que la representación del grupo español se basa, más que en la obra original, en la traducción francesa de las *Obras completas* de Brecht, publicada en doce tomos por la editorial parisiense L'Arche, entre 1955 y 1970, en cuya entrega II aparece ya titulada *La noce chez les petits bourgeois.*

El director del grupo «Los Goliardos» traslada la acción de los insensatamente risueños tiempos de la —por ahora— penúltima posguerra en Alemania —cuya ambientación se logra tan prodigiosamente en la película *Cabaret*—, a los años de hambre de la posguerra española, en traslación tan irrespetuosa en la forma como fiel a su espíritu.

De este modo, la evolución del dramaturgo puede contemplarse así: primera etapa de fantasía expresiva y conceptual, a la que sigue la del sistema cerrado de las obras didácticas, para desembocar en la tercera fase, que conjuga fantasía y política.

Mas de su cambiante actitud no puede atribuírsele contradicción, a no ser la flagrante que existe entre el teórico Brecht —tan sujeto a grilletes socio-políticos— y el dramaturgo incapaz de someterse a ellos.

Pese a tales limitaciones de expresión, que bien de manifiesto quedan en los avatares sufridos por —valga un ejemplo— *La condena de Lúculo,* sobresale la personalidad de un hombre que, procedente de la alta burguesía, rompió lazos familiares para alistarse en las filas de la «clase baja», y desde ella acaudilló el más interesante de los fenómenos teatrales de nuestro siglo.

Bertolt Brecht ha conseguido ser el más importante y sugerente dramaturgo de nuestros días; sus poemas se han popularizado entre el pueblo alemán en igual o mayor medida que en otro tiempo sucediera con los de Heine, y varios de sus dramas están llamados a participar en el repertorio del teatro universal como los más representativos de nuestro siglo. Un sutil ensayista español, el tinerfeño Domingo Pérez Minik diagnostica qué obras serán éstas: «Bertolt Brech tiene en su haber de gran dramaturgo tres obras indiscutibles: *Madre Coraje y sus hijos*, *El alma de Séchouan* y *El círculo de tiza*. No cabe duda que desde que el dramaturgo comunista rompe las amarras con toda intención doctrinal, sus obras se elevan a categoría desusada» (31).

En el plano personal no deja de tener algún patetismo el hecho de que sus mejores logros teatrales los consiguiera Brecht en las obras que más discrepan de su teoría del teatro épico, y en las que sólo en segundo término aparecen diálogos, personajes o situaciones de índole ideológica. Y ello viene a confirmar que Brecht ha sido la cardinal representación de una protesta conflictiva en su peripecia vital, en su trascendente obra dramática y en las raíces mismas de su pensamiento.

---

(31) Domingo Pérez Minik: *Teatro europeo contemporáneo*. Ediciones Guadarrama, Madrid, 1961.

ANTOLOGIA

«EL PEQUEÑO ORGANON para el teatro, escrito en 1948»

(Traducción del alemán de Christa y José M.ª Carandell «Primer Acto», núm. 86.)

En este trabajo se examina lo que sería una estética concebida a partir de cierto modo de hacer teatro, modo que ha venido desarrollándose en la práctica durante los últimos decenios. Sus autores trataron lo estético marginalmente y sin demasiado interés en las ocasionales declaraciones teóricas, en los escritos polémicos y en las instrucciones técnicas, publicados en forma de observaciones a sus obras. Pero allí podía observarse cómo una determinada especie de teatro ampliaba o restringía su función social, completaba o cribaba sus medios artísticos y se establecía o se afirmaba en la estética —si venía a cuento—, despreciando o haciendo suyos, según fuese la situación de la lucha, los preceptos dominantes de la moral y del gusto. Así, ese teatro defendía su inclinación a las tendencias sociales, mostrando que las había también en las obras de arte generalmente reconocidas, sólo que en estas últimas eran inofensivas, por ser, precisamente, las tendencias aceptadas. Además, ese teatro calificaba de decadente la producción teatral contemporánea, porque en ella brillaban por su ausencia todas las cosas que merecían conocerse. Acusaba a esos mercados de la diversión nocturna de haber descendido a ser una mera rama del comercio burgués de estupefacientes. Las falsas imágenes que de la vida social se ofrecían en los escenarios, incluidas las del llamado naturalismo, le incitaban a gritar en favor de representaciones científicamente exactas, y el culinarismo insípido de delicias dirigidas a los ojos y al alma, le hacían clamar en favor de la bella lógica del dos y dos son cuatro. Este teatro repudiaba el culto de lo bello practicado a espaldas de la necesidad de aprender y con desprecio absoluto de lo útil, toda vez que ni siquiera se producía nada bello. Aspiraba a un teatro propio de la era científica, y si les resultaba demasiado dificultoso a sus planificadores el robar o pedir prestado del arsenal de los conceptos estéticos —con lo que conseguían mantener a raya a los estetas de la prensa—, entonces amenazaban sencillamente con su intención «de transformar los medios de placer en objetos de enseñanza, y convertir ciertas instituciones, de lugares de diversión que eran, en órganos de difusión» (Anmerkungen zur Oper, *Observaciones a la ópera), es decir, amenazaban con emigrar del reino de lo placentero y agradable. La estética, herencia de una clase hoy ya depravada y parasitaria, se encontraba en una situación tan lamentable, que un teatro ganaba forzosamente prestigio y libertad de acción si se llamaba a sí mismo* taetro *en lugar de teatro. Sin embargo, lo que se practicaba como teatro de la era científica no era ciencia, sino verdadero teatro. Ahora bien, la acumulación de novedades durante la época nazi y la guerra, en que desaparecieron las posibilidades de hacer demostraciones prácticas, invita a que se intente la verificación de esta especie de teatro en relación con el puesto que ocupa en la estética. En todo caso, interesa señalar los contornos de su posible estética. Sería muy difícil, por ejemplo, establecer la teoría del distanciamiento teatral sin contar con una estética.*

En la actualidad, hasta se podría escribir una estética de las ciencias exactas. Galileo habla de la elegancia de ciertas fórmulas matemáticas y de la gracia de algunos experimentos; Einstein atribuye al sentido de lo bello una función descubridora, y el físico atómico R. Oppenheimer ensalza la actitud científica, que «tiene su propia belleza y que parece adecuada a la situación del hombre en la Tierra».

Reiteremos, pues, y seguramente para escándalo de muchos, nuestra intención de emigrar del reino de lo placentero y agradable; pero declaremos seguidamente, para escándalo de muchos más, nuestra inten-

ción de regresar y establecernos en este reino. Tratemos el teatro como un lugar de diversión, tal como corresponde a una estética, y miremos de encontrar qué clase de diversión es la que nos conviene.

1

El «teatro» consiste en representar figuraciones vivas de acontecimientos humanos ocurridos o inventados, con el fin de divertir. Esto es, en todo caso, lo que damos por supuesto en este escrito, y tanto al hablar del teatro moderno como del antiguo.

2

Para abarcar más, podríamos añadir también los acontecimientos entre hombres y dioses; pero ya que nuestro propósito pide sólo unas reglas mínimas, podemos prescindir de ello. Y aunque admitiésemos esta ampliación, el precepto de la función más general de la institución llamada «teatro» seguiría siendo el de divertir. Es ésta la función más noble que hemos encontrado para el teatro.

3

La tarea del teatro, como la de las otras artes, ha consistido siempre en divertir a la gente. Esta tarea le confiere siempre su especial dignidad. No precisa de otro requisito que el de divertir; pero, desde luego, éste le es absolutamente imprescindible. No se le situaría en una posición superior si, por ejemplo, se le hiciese un mercado de moral. Por el contrario, tendría que procurarse el no rebajarlo con esta aspiración, lo que ocurriría inmediatamente si la moral no lograba divertir, y divertir precisamente a los sentidos (que es con lo que la moral saldría ganando). Tampoco debiera proponerse el teatro la tarea de enseñar, o la de enseñar cosas más útiles que el mero hecho de moverse placenteramente tanto corporal como espiritualmente. El teatro debiera ser una cosa completamente superflua, siempre y cuando se dé por entendido que se vive para lo superfluo. Las diversiones precisan de menos justificación que todo lo demás.

4

Esto es lo que, según Aristóteles, pretendían los antiguos con su tragedia: nada más alto ni nada más bajo que el divertir a la gente. Cuando se dice que el teatro tiene su origen en el culto, lo único que se dice es que el teatro llegó a serlo mediante una selección: no tomó de los misterios su misión litúrgica, sino el placer que procuraban, pura y simplemente. Y la catarsis aristotélica, la purificación mediante el temor y la piedad, o por el temor y la piedad, es un lavado que no sólo se festejaba placenteramente, sino con el especial propósito de divertir. Exigir más del teatro, o concederle más, es proponerle un objetivo inferior al que le es propio.

5

Incluso cuando se habla de una manera elevada y una manera vulgar de divertir, se considera el arte como algo impenetrable, pues el arte desea moverse hacia arriba y hacia abajo y que se le deje en paz si con ello divierte a la gente.

6

Sin embargo, hay diversiones débiles (simples) y fuertes (complejas) que el teatro es capaz de ofrecer. Estas últimas, con las cuales nos encontramos en el gran arte dramático, alcanzan su elevación algo así como la alcanza el amor en la cohabitación; son mucho más complicadas, más ricas en aspectos, más contradictorias y preñadas de consecuencias.

7

Y las diversiones de las distintas épocas fueron naturalmente diferentes entre sí, según las maneras que los hombres tenían de convivir. El *demos* dominado por los tiranos tenía que ser divertido en los circos helénicos distintamente a la corte feudal de Luis XIV. El teatro tenía que ofrecer otras representaciones de la convivencia humana, y no sólo representaciones de distinta convivencia, sino también representaciones de otro género.

8

Según la clase de diversión, hecha posible y necesaria por la forma contemporánea de convivencia humana, se tenían que construir otras situaciones y otras perspectivas, y los personajes, con unas proporciones diferentes. Las historias han de contarse de modos bien diferentes si se trata de divertir a aquellos griegos con la inexorabilidad de las leyes divinas, cuyo desconocimiento no les libera del castigo, o a estos franceses con su airoso autodominio, exigido por el código palatino de los deberes impuestos a los grandes de la tierra, o a los ingleses de la época isabelina con su autociencia del nuevo individualismo desatado.

9

Y es necesario no perder de vista que la diversión procurada de maneras tan distintas, apenas si dependía del grado de semejanza de la representación con lo representado. La inexactitud o, incluso, la evidente inverosimilitud, molestaban poco o nada, mientras la inexactitud poseyera una cierta consistencia y la inverosimilitud fuese coherente. Era suficiente la ilusión de un proceso necesario de la historia representada, obtenida por toda clase de medios poéticos y teatrales. También nosotros pasamos por alto y con gusto las numerosas inexactitudes, cuando parasitamos en las anímicas purificaciones de Sófocles o en los actos de sacrificio de Racine o en los crímenes pasionales de Shakespeare, mientras intentamos apropiarnos de los hermosos y grandes sentimientos de los protagonistas de estas historias.

10

Porque, de la gran variedad de maneras de representación de acontecimientos humanos, realizados en el teatro desde los antiguos y que divirtieron a pesar de sus incorrecciones e inverosimilitudes, quedan hoy todavía una cantidad asombrosa que sigue divirtiéndonos.

11

Si constatamos ahora nuestra capacidad para divertirnos con representaciones de épocas tan diversas, lo que seguramente les fue imposible a los hombres de aquellos tiempos poderosos, ¿no nos invita esto a sospechar que todavía no hemos descubierto las diversiones especiales y los entretenimientos específicos de nuestra propia época?

12

Debe haberse debilitado, pues, nuestro goce del teatro en comparación con el de los antiguos, a pesar de que nuestra forma de convivencia siga pareciéndose lo suficientemente a la de aquéllos como para que su teatro siga interesándonos. Nos apropiamos de las obras antiguas por medio de un procedimiento relativamente nuevo: la identificación (Einfühlung), para la que no se prestan demasiado. Por ello, la mayor parte de nuestro goce proviene de otras fuentes que de aquellas que se abrieron poderosamente antes de nosotros. Nos contentamos con las bellezas lingüísticas, con la elegancia del desarrollo de la fábula, con las situaciones que nos producen representaciones independientes; en una palabra, con los accesorios de las obras antiguas. Pero éstos son precisamente los medios poéticos y teatrales que ocultan las incongruencias de la historia. Nuestros teatros ya no poseen la capacidad ni el gusto para contar con claridad aquellas historias, ni siquiera las que no son tan antiguas, como las de Shakespeare; es decir, de hacer verosímil la concatenación de los sucesos Y, según Aristóteles, y también según nuestro parecer, la fábula es el alma del drama. Cada vez nos molesta más el primitivismo de la convivencia humana, y esto no sólo en las obras antiguas, sino también en las actuales que han sido creadas conforme a modelos antiguos. Todo nuestro modo de gozar empieza a hacerse intelectual.

13

Lo que reduce nuestro placer en el teatro son las incongruencias en la representación de los acontecimientos humanos. Y la causa de esto está en que estamos situados ante las cosas representadas de un modo distinto al de los que nos precedieron.

14

Si investigamos qué clase de entretenimiento inmediato, de diversión comprehensiva y total podría procurarnos nuestro teatro con representaciones de la convivencia, nos veremos obligados a considerarnos a nosotros mismos como hijos de una época científica. Nuestra convivencia como hombres —esto es: nuestra vida— está determinada por la ciencia en una proporción completamente nueva.

15

Hace algunos cientos de años, algunas personas de diferentes países, aunque relacionadas, empezaron a hacer experimentos encaminados a descubrir los secretos de la Naturaleza. Pertenecían a la clase de los artesanos de las ya poderosas ciudades; comunicaron sus descubrimientos a gentes que supieron explotarlos en la práctica y que, de las nuevas ciencias, no les importaba otra cosa que sus ganancias personales. Oficios que durante mil años habían practicado los mismos métodos sin variaciones, se desarrollaron prodigiosamente, y en muchos lugares, que se relacionaban entre sí por razones de competencia, se reunieron grandes masas de personas llegadas de todos los puntos, y que, organizadas según un nuevo sistema, comenzaron una producción gigantesca. Muy pronto la humanidad desplegó unas fuerzas cuya intensidad ni siquiera en sueños se hubiese podido imaginar.

16

Fue como si la humanidad sólo entonces se hubiese puesto manos a la obra, consciente y unitariamente, para hacer habitable la estrella donde vivía. Muchos de los elementos, como el carbón, el agua y el petróleo, se transformaron en tesoros. Se utilizó el vapor para mover vehículos; ciertas chispas y el estremecimiento de las ancas de rana denunciaron una fuerza natural capaz de producir luz y de llevar el sonido de un continente a otro, etc. El hombre miró a su alrededor con nuevos ojos y vio cómo las cosas, desde siempre vistas pero nunca explotadas, podía emplearlas en beneficio de su comodidad. Su contorno fue transformándose decenio tras decenio, después año a año, y finalmente casi día a día. Yo, que escribo esto, lo estoy haciendo con una máquina desconocida cuando nací. Me desplazo con los nuevos vehículos a una velocidad que mi abuelo no podía ni imaginarse; nada se movía entonces tan rápidamente. Y puedo elevarme por los aires, cosa que mi padre no podía hacer. Con mi padre pude ya hablar desde un continente a otro; pero sólo con mi hijo puedo ver las imágenes en movimiento de la explosión de Hiroshima

17

Aunque las nuevas ciencias han posibilitado un extraordinario cambio y, ante todo, le han dado a nuestro mundo una gran plasticidad, no por ello puede decirse que su espíritu nos llene y determine a todos. La causa de que la nueva manera de pensar y sentir no haya penetrado todavía profundamente en las grandes masas humanas, debe buscarse en el hecho de que las ciencias, a pesar de sus éxitos en la explotación y dominio de la Naturaleza, se ven entorpecidas por la clase burguesa (cuyo poderío debe precisamente a las mismas ciencias) Esta clase impide que las ciencias operen en determinada zona que se mantiene así en sombras: la de las relaciones de los hombres entre sí en el ejercicio de la explotación y dominio de la Naturaleza. Esta actividad de la cual dependen las demás, se cumplió sin que los nuevos métodos de pensamiento que la habían posibilitado aclarasen sus relaciones recíprocas, gracias a las cuales existía. La nueva concepción de la Naturaleza no se aplicó simultáneamente a la sociedad.

18

En realidad, las relaciones recíprocas de los hombres se han vuelto mucho más opacas de lo que nunca fueron. La gigantesca empresa común en que están empeñados parece dividirlos cada vez más; los aumentos de la producción provocan aumentos de miseria, y en la explotación de la Naturaleza sólo unos pocos salen ganando, y esto debido a que estos pocos explotan al total de los hombres. Lo que podría significar progreso para todos se convierte en ventaja de unos pocos, y una parte cada vez mayor de la producción se emplea en producir medios de destrucción en guerras brutales. En estas guerras, las madres de todas las naciones, mientras estrechan a sus hijos contra el pecho, escrutan aterrorizadas el cielo en busca de las mortíferas invenciones científicas.

19

Los hombres de hoy se encuentran ante sus propias empresas como en los tiempos antiguos ante las incalculables catástrofes naturales. La clase burguesa, que debe a la ciencia su prosperidad y de la que a su vez sacó su poderío, al hacerse su exclusiva beneficiaria, sabe perfectamente que si la concepción científica se aplicara a sus empresas, esto supondría el fin de su poderío. Por ello, la nueva ciencia que se ocupa del modo de ser de la sociedad humana, y que fue fundada hace unos cien años, surgió de la lucha de los oprimidos contra los opresores. Desde entonces, algo del espíritu científico ha llegado a las profundidades con la nueva clase de los trabajadores, cuyo ambiente vital es la producción: desde su punto de vista, las grandes catástrofes se presentan como obras de los dominadores.

20

La ciencia y el arte coinciden en que ambas existen para facilitar la vida de los hombres: la primera en cuanto les mantiene, la segunda en cuanto les entretiene. En la era que se anuncia, el arte extraerá la diversión de la nueva productividad, la cual puede mejorar enormemente nuestro mantenimiento y puede, si nada se lo impide, llegar a ser la mayor de todas las diversiones.

21

Si queremos entregarnos a esta gran pasión de producir, ¿cómo deberán ofrecerse nuestras representaciones de la convivencia humana?, ¿cuál es la actitud productiva frente a la Naturaleza y frente a la sociedad, que nosotros, hijos de una era científica, debemos adoptar placenteramente en nuestros teatros?

22

Nuestra actitud habrá de ser crítica. Si se trata de un río, la actitud consistirá en regularlo; si es un árbol frutal, en hacerle injertos; si se trata de los desplazamientos, construyendo vehículos para la tierra y el aire; si se trata de la sociedad, revolucionándola. Nuestras representaciones de la convivencia humana están destinadas a los constructores de diques, a los cultivadores de árboles, a los constructores de vehículos, a los revolucionarios de la sociedad, a quienes traemos a nuestros teatros y a quienes rogamos que no olviden, cuando están con nosotros, sus joviales intereses, con el fin de confiar el mundo a sus cerebros y a sus corazones para que lo transformen según su criterio.

23

El teatro sólo podrá adoptar una actitud tan libre si se entrega a las corrientes más rápidas de la sociedad y se alía con aquellos que más ansiosos están de que se produzcan grandes cambios. Y si no hay otra cosa mejor, el mero deseo de que nuestro arte se desenvuelva conforme a los tiempos actuales, hace ya que el teatro de la época científica llegue en seguida a los suburbios, donde, sin dificultades, por decirlo así, se ponga al servicio de las grandes masas (que producen mucho y viven difícilmente). Y estas masas verán en el teatro reflejados sus grandes problemas y podrán divertirse útilmente. Es posible que les cueste pagar nuestro arte y que no entiendan sin más la nueva especie de entretenimiento; y que nos sea preciso aprender a encontrar, en muchos casos, lo que necesitan y cómo lo necesitan. Pero de su interés podemos estar seguros. Estos hombres, que parecen estar tan alejados de las ciencias naturales, sólo lo están porque se les mantiene alejados, y para poder apropiarse esas ciencias tienen que desarrollar antes una nueva ciencia de la sociedad y ponerla en práctica. De esta manera son ellos los verdaderos hijos de la era científica y su teatro no se pondrá en movimiento si ellos mismos no lo mueven. Un teatro que hace de la productividad la fuente principal de diversión, tendrá que tomar a la misma productividad como tema, y esto, con celo especial actualmente, cuando el hombre se ve impedido por todas partes y por otros hombres a producirse a sí mismo, es decir, a conquistar su sustento, a divertirse y a que le diviertan. El teatro tiene que comprometerse con la realidad, con el fin de extraer representaciones realmente eficaces de la realidad.

24

Ahora bien, esto invita al teatro a apoyarse del mejor modo posible en los estudios teóricos y otras clases de publicaciones. Porque, si bien no se le puede entorpecer con toda clase de materias científicas, con las cuales no conseguiría divertir, le queda en cambio la vía libre para divertirse con el estudio y la investigación. Produce entonces representaciones prácticas de la sociedad capaces de influirla, y esto como en un juego: expone a los que construyen la sociedad las experiencias vividas por la sociedad (tanto las antiguas como las actuales), de tal manera que puedan «disfrutar» con las sensaciones, conocimientos e impulsos que los más apasionados, los más sabios y los más activos de entre nosotros han experimentado a base de los acontecimientos de cada día y del siglo. Ellos se divertirán con la sabiduría nacida de la solución de los problemas, con la ira en que puede transformarse útilmente la compasión hacia los oprimidos, con el respeto hacia lo que hay de respetable en el hombre, es decir, con lo que es digno de ser amado en el hombre; en una palabra, con todo aquello que divierte a los que producen.

25

Y esto permitirá también al teatro que los espectadores disfruten con la moralidad específica de su época, surgida de la productividad. La crítica, es decir, el gran método de la producción, al hacerse placer, no le obliga al teatro a hacer nada en el terreno de la moral, pero le permite muchas cosas. La sociedad puede, incluso, extraer placer de lo asocial, siempre que se presente con vitalidad y grandeza, porque lo asocial, de esta manera, muestra con frecuencia una inteligencia y unas capacidades de auténtico valor, aunque empleados en forma destructiva. La sociedad también puede disfrutar libremente en toda su grandeza de los desbordamientos catastróficos, siempre y cuando sea capaz de dominarlos: sólo entonces son suyos.

26

Para semejante tarea, naturalmente, no podemos valernos del teatro tal como nos lo hemos encontrado hecho. Vayamos a uno de esos locales y observemos el efecto producido sobre los espectadores. Nos veremos rodeados de seres inmóviles en un extraño estado: parecen contraer con gran esfuerzo todos sus músculos, o los tienen relajados como en un gran debilitamiento. Apenas si existe comunicación entre ellos; parece una reunión de gente que duerme, pero con sueños inquietos, porque, como dice el dicho popular, las pesadillas vienen cuando se duerme de cara arriba. Tienen, claro está, los ojos abiertos, pero más que mirar están como hipnotizados; y más que escuchar, son todos oídos. Miran como «hechizados» el escenario (expresión de la Edad Media, época de brujas). Mirar y oír son actividades, a veces, divertidas; pero esta gente no parece estar allí para hacer algo, sino para que se haga algo con ella. Su estado de rapto en el que se abandonan a sensaciones imprecisas, pero poderosas, es tanto mayor cuanto mejor trabajan los actores; por lo que nosotros, a quienes este estado no nos gusta, desearíamos que los actores fuesen pésimos.

27

Por lo que se refiere al mundo mismo, del cual se han tomado diferentes aspectos para producir estas emociones y estados de ánimo, se representa allí con tan escasos y mezquinos elementos (como el cartón, un poco de mímica y otro poco de texto), que hay que admirar a la gente de teatro por su capacidad de conmover tan profundamente los sentimientos de sus ya predispuestos espectadores, con una calcomanía tan miserable, y con mayor intensidad que lo que el mismo mundo consigue.

28

Pero debiéramos excusar a la gente de teatro, porque, de todos modos, ni podrían plasmar con más exactas reproducciones del mundo las diversiones que venden a cambio de dinero y de gloria, ni logran ofrecer de manera menos mágica esas inexactas reproducciones. Es bien conocida su incapacidad para representar los personajes de cualquier obra teatral: los personajes que encarnan la canalla y las figuras secundarias, dejan bien patente el conocimiento que la gente de teatro tiene de la naturaleza humana, y se distinguen unos de otros; pero se mantiene en cambio a los personajes centrales en el plano genérico, con el fin de que el espectador se pueda identificar fácilmente con ellos y, sobre todo, se hace que sus rasgos estén tomados de aquel ámbito estricto en el cual cualquiera puede decir: Es verdad, las cosas son así. Porque el espectador desea entrar en posesión de determinadas sensaciones, como lo quiere el niño cuando se sienta en el caballo de madera de un tíovivo: la sensación de orgullo de poder montar un caballo y de que éste sea suyo; el placer de dar vueltas delante de otros niños; el sueño aventurero de perseguir, etc. Para todas estas vivencias, el hecho de que el vehículo de madera se parezca a un caballo no tiene mucha importancia, ni la tiene el hecho de que la cabalgada esté limitada a un pequeño círculo. Lo que les interesa a los espectadores de estos teatros es poder realizar el engañoso cambio de un mundo contradictorio por otro armónico, o de uno no muy bien conocido por otro de ensueños.

29

Así es el teatro que nos hemos encontrado hecho y con el cual queremos realizar nuestra tarea. Y ha sido perfectamente apto para transformar a nuestros confiados amigos (a los cuales hemos llamado hijos de la era científica), en una masa atemorizada, crédula y «hechizada».

30

Es cierto que desde hace aproximadamente medio siglo los espectadores han tenido ocasión de ver representaciones bastante fieles de la convivencia humana, así como personajes que se rebelaban contra ciertos males sociales o incluso contra la total estructura de la sociedad. Y muy grande debía ser su interés, para soportar dócilmente la increíble reducción de la lengua, en la fábula y en los horizontes espirituales que allí se les daban, ya que la brisa de espíritu científico casi marchitaba los acostumbrados encantos. Pero el sacrificio apenas si valía la pena. La mayor fidelidad de la representación perjudicaba a la diversión, sin poner otra en su lugar. El campo de las relaciones humanas se hizo más visible, pero no más transparente. Las sensaciones, conseguidas según las formas (mágicas) antiguas, seguían siendo anticuadas.

31

Entonces, como después, los sistemas de diversión teatral pertenecían a una clase interesada en mantener el espíritu científico dedicado exclusivamente al ámbito de la Naturaleza, sin atreverse a aplicarlo al ámbito de las relaciones humanas. La exigua parte proletaria del público, fortalecida de un modo inseguro e insuficiente por los trabajadores intelectuales apóstatas, necesitaba todavía la antigua forma de diversión que le hacía más llevadera su esclavizada manera de vivir.

32

Y, sin embargo, ¡manos a la obra! ¡No hay que desanimarse! Nos hemos metido en la lucha, ¡vamos, pues, a luchar! ¿No hemos visto cómo la incredulidad mueve montañas? ¿No es suficiente con que hayamos descubierto que se nos oculta algo? Delante de estas y aquellas cosas cuelga un telón... ¡Pues, levantémoslo!

33

El teatro que ya encontramos hecho, muestra la estructura de la sociedad (representada en la escena) como no influenciable por la sociedad (la que se sienta en las butacas del teatro). Edipo, que pecó contra algunos principios que mantenían la sociedad de su tiempo, es castigado por los dioses, a quienes no se puede criticar. Los grandes personajes de Shakespeare, que llevan la estrella de su destino en el pecho, cumplen su irremediable y mortal trayectoria, y se matan; la vida, y no la muerte, resulta obscena en su derrota, ya que la catástrofe no es criticable. ¡Por todas partes víctimas humanas! ¡Bárbaros entretenimientos! Sabemos que los bárbaros poseen un arte. ¡Hagamos nosotros otro distinto!

34

¿Hasta cuándo tendrán nuestras almas que abandonar, al amparo de la oscuridad de la sala, sus «pesados» cuerpos para penetrar en el ensueño del escenario con el fin de participar en sus arrebatos que «de otro modo» nos son negados? ¿Por qué va a ser esto una liberación si al final de todos estos dramas —final feliz para el espíritu de los tiempos: la providencia admitida, el ordenamiento de la tranquilidad—, vivimos la ejecución ilusoria que castiga los raptos como si fuesen desórdenes? En el *Edipo*, nuestra actitud es aún rastrera, porque todavía existen los tabús y porque la ignorancia no protege contra el castigo. En el *Otelo*, porque los celos dan mucho quehacer y todo depende de la posesión. En el *Wallenstein*, porque tenemos que ser libres para la lucha competitiva y ser leales; de lo contrario, la lucha termina. También obras como *Espectros* y *Los tejedores* fomentan estas costumbres íncubas, porque en ellas la sociedad se presenta al menos como «ambiente» problemático. Pero ya que las sensaciones, las ideas y los impulsos de los protagonistas nos son impuestos, no podemos obtener otra cosa, por lo que a la sociedad se refiere, que lo que procura el «ambiente».

35

Necesitamos un teatro que no sólo procure sensaciones, ideas e impulsos, facilitado por el correspondiente campo histórico de las relaciones humanas que tienen lugar en la acción, sino que aplique y produzca aquellos pensamientos y sentimientos que juegan un gran papel en la transformación del mismo campo.

36

Este campo de las relaciones humanas debe ser caracterizado en su relatividad histórica. Esto significa que hay que romper con el hábito de camuflar las diferencias de las distintas estructuras sociales de las épocas pasadas, con el fin de que se parezca a nuestra estructura, con lo que ésta resulta ser algo que ha existido siempre, esto es, eterna. Nosotros, en cambio, queremos tener presentes esas diferenciaciones, así como su carácter transitorio, con el fin de que también nuestra época pueda ser comprendida como transitoria. (En este punto, naturalmente, de nada sirven el colorismo y el folklore que nuestros teatros emplean, precisamente, para mostrar más acentuadamente las semejanzas en el comportamiento humano de las distintas épocas. Más adelante hablaremos de los medios teatrales.)

37

Si movemos a los personajes en el escenario mediante fuerzas sociales, y distintas según las épocas, entonces dificultamos a los espectadores su tendencia a identificarse. Ya no se sentirán impelidos a pensar: «Así actuaría yo también», sino que, como máximo, dirán: «Si yo hubiese vivido en esas circunstancias...» Y cuando representemos obras de nuestro tiempo como obras históricas, también entonces las circunstancias, en las que el mismo espectador se mueve, podrán aparecer con toda claridad, y esto será el principio de su actitud crítica.

38

Estas «condiciones históricas» no deben ser concebidas (ni representadas) como fuerzas oscuras (en el transfondo), sino entendidas como producto de los hombres, y mantenidas por ellos (y por ellos transformadas), es decir: surgidas de lo que va ocurriendo en la escena.

39

Si el personaje responde históricamente de acuerdo con su época y respondería distintamente en otras épocas, ¿no es, por antonomasia, un hombre cualquiera? Desde luego. Porque cada cual responde según los tiempos y la clase a que pertenece. Si viviese en otros tiempos, no viviese tanto, o viviese a la sombra de la vida, respondería sin duda de otro modo, pero de una manera tan determinada como lo haría cualquiera en la misma situación y tiempo. Pero, ¿no debemos preguntarnos si existen otras diferencias en las respuestas? ¿Dónde está el hombre vivo, incambiable, que precisamente no es en todo semejante a sus semejantes? Es evidente que la representación debe mostrarlo, y esto será posible si se logra expresar esta contradicción en la representación. La imagen historificadora tendrá algo de los bocetos que, en torno a la figura elaborada, acusan las huellas de otros movimientos y otros brazos. O se puede pensar en un hombre que recita un discurso en un valle y que, al hablar, cambia de opinión, o que incluso dice frases que se contradicen, mientras el eco, por su parte, confronta lo que va diciendo.

40

Tales representaciones exigen, naturalmente, una formulación que permita libertad y movilidad al espíritu del espectador. Este, por decirlo así, tiene que poder efectuar continuamente montajes a base de nuestra construcción, abstrayendo en el pensamiento las fuerzas sociales o sustituyéndolas por otras. Este procedimiento le da algo de «no natural» al comportamiento actual, con lo que las fuerzas actuales pierden, por su parte, su naturalidad y se hacen manejables.

41

Es el caso del ingeniero de canales al ver un río. Además del cauce natural ve el cauce imaginario que podría haber tenido el río si la pendiente del terreno hubiese sido distinta o si el caudal de agua fuese otro. Y mientras él ve en su imaginación un nuevo río, oye el socialista, en pensamientos, nuevas clases de conversaciones entre los campesinos que trabajan en el río. Así tendría que ver el espectador en el escenario los hechos que ocurren entre tales campesinos, enriquecidos por las huellas de aquellos bocetos y de aquellos ecos.

42

El tipo de actuación teatral experimentado en el Schiffbauerdamm-Theater, de Berlín, durante las dos guerras mundiales, se basa en el «efecto de distanciamiento» («Verfremdungseffekt», Efecto V). Representación distanciadora es aquella que permite reconocer el objeto, pero que lo muestra al propio tiempo como algo ajeno o distante (fremd). El teatro antiguo y medieval distanciaba a los personajes con máscaras de hombres y animales. El asiático emplea todavía hoy efectos V musicales y mímicos. Estos efectos impiden, sin duda, la identificación (Einfühlung) y, sin embargo, esta técnica se basa en un fondo de hipnotismo y sugestión, en un grado mayor que aquella técnica que busca la identificación. Los objetivos sociales de estos antiguos efectos son completamente distintos de los nuestros.

43

Los antiguos efectos V impiden completamente intervención del espectador en la cosa representada y se la muestra como algo fatal. Los nuevos, nada tienen de impenetrable: es la concepción no científica la que imprime a lo ajeno su carácter de impenetrabilidad. Los nuevos efectos de distanciamiento deberían quitarles a los acontecimientos socialmente influenciables solamente su sello de familiaridad que actualmente les preserva de la intervención por parte del hombre.

44

Lo que desde hace tiempo no ha sufrido cambios parece inmutable. Por doquier nos encontramos con cosas que de tan evidentes, parecen no requerir que las entendamos. Lo que se experimenta conjuntamente, les parece ser a los hombres la vivencia humana natural. El niño que vive en un mundo de ancianos, aprende cómo ocurren allí las cosas: lo que para ellos es un proceso indiferente, para él es una cosa natural. Si uno de ellos es lo bastante audaz como para desear algo distinto, es porque lo desea como excepción. Aunque llegara a darse cuenta de que el «destino» no es otra cosa que el destino marcado por la sociedad, aún le parecería que es totalmente imposible influir sobre la sociedad, es decir, sobre esta suma poderosa de seres semejantes que es como un todo y cuya suma es mayor que las partes. Y si la sociedad no se deja influir y además resulta familiar, ¿cómo va a desconfiarse de lo que es familiar? Para que todas estas cosas, dadas como evidentes, lleguen a parecerle problemáticas, tendría que desarrollar aquella mirada distanciadora con que el gran Galileo contempló la lámpara que oscilaba. Galileo miró extrañado estos movimientos, como si no los hubiese esperado así y como si no los entendiese. De esta manera llegó a descubrir sus leyes. Esta mirada difícil y fecunda es la que el teatro tendría que provocar con sus representaciones de la convivencia humana. El teatro debe hacer que su público se extrañe, y esto ocurre gracias a la técnica de distanciar lo familiar.

45

Esta técnica permite al teatro adaptar el método de la nueva ciencia social, el materialismo dialéctico, a sus representaciones. Para entender la sociedad en su movimiento, este método trata las codiciones sociales como procesos y sigue en su contradictoriedad. Para este método todo existe solamente en cuanto se transforma, es decir, en contradicción consigo mismo. Esto vale también para los sentimientos, opiniones y actitudes de los hombres en los que se expresa el modo correspondiente de su convivencia social.

46

Uno de los placeres de nuestro tiempo, que ha conseguido tantas y tan variadas transformaciones de la Naturaleza, es el concebir las cosas como transformables por nuestra intervención. El hombre encierra muchas cosas, se dice; entonces es mucho lo que podrá hacerse de él. No es necesario que permanezca tal como es. No solamente debe mirársele tal como es, sino también tal como podría ser. No hay que partir del hombre, sino ir hacia él. Esto significa que no basta con ponerme sólo en su lugar, sino que he de ponerme frente a él, en representación de todos. Por ello debe el teatro distanciar todo lo que muestra.

47

Para producir efectos V, el actor debiera dejar de lado todo lo que ha aprendido y cuya finalidad consistía en conseguir la identificación del público con el personaje. Al no intentar que el público caiga en éxtasis, ya no necesita él mismo extasiarse. Sus músculos deben permanecer relajados. En cambio, si hace, por ejemplo, un gesto de cabeza con los músculos tensos, arrastra las miradas y hasta las cabezas de los espectadores «mágicamente», con lo que se debilita la comprensión y la emoción en torno a esos gestos. Su dicción debe librarse del tono de las salmodias eclesiásticas y de aquellas cadencias que acunan a los espectadores y que les hacen perder el sentido de las palabras. Incluso cuando represente a un poseído no debe aparecer como poseído: porque si no, ¿cómo podrían descubrir los espectadores aquello que posee a los poseídos?

48

Ni por un momento debe el actor transformarse totalmente en su personaje. Un juicio como: «No representaba a Lear, sino que era Lear», sería fatal para él. Debe limitarse a mostrar su personaje o, mejor dicho, no debe limitarse a vivirlo. Esto no significa que cuando represente a personas apasionadas tenga que permanecer frío. Pero sus propios sentimientos no deben ser nunca, fundamentalmente, los de su personaje, con el fin de que los del público tampoco lleguen a ser nunca los del personaje. El público debe tener ahí absoluta libertad.

49

El hecho de que el actor actúe en el escenario con doble figura, como Laughton y como Galileo, de forma que el Laughton que representa no se esfuma en el Galileo representado (a esta forma de actuar se le ha dado el nombre de «épica»), no significa otra cosa, en última instancia, que el proceso real y profano ya no volverá a ser ocultado, pues quien está en el escenario es realmente Laughton, mostrando cómo se imagina él a Galileo. Aunque le admirara, el público no olvidaría a Laughton, naturalmente, incluso si intentaba la total metamorfosis, pero perdería las opiniones y sentimientos de este actor, que se habrían disuelto en el personaje. Es decir, las opiniones y sentimientos del personaje serían ahora las del actor, con lo cual tendríamos una sola muestra de estas opiniones y sentimientos. Y, con ello, conseguiría que fuesen también los nuestros. Para evitar esta atrofia, el actor debe conseguir que el acto de mostrar sea artístico. Por decirlo con un ejemplo imaginario: Para independizar el aspecto de la actitud de mostrar, podemos añadir a esta actitud un gesto; por ejemplo, dejándole fumar al actor e imaginándonos cómo él deja el cigarro para mostrarnos la siguiente actitud del personaje inventado. Si esta interrupción (de fumar y dejar el cigarrillo) no tiene nada de precipitación, y si esta despreocupación no se interpreta como dejadez (por parte del actor), entonces tenemos ante nosotros un actor que nos permite seguir el curso de nuestros pensamientos y de los suyos.

50

El actor debe realizar otra modificación al comunicar lo que representa: esta modificación contribuye a hacer el proceso más «profano» (cotidiano). De la misma manera que el actor no tiene que engañar al público para hacerle creer que no es él, sino el personaje inventado, el que está en el escenario, tampoco tiene que hacer creer que lo que ocurre en el escenario no se haya ensayado nunca y que ocurre por primera y única vez. La distinción hecha por Schiller (carta a Goethe del 26-XII-1797), entre el *rapsoda,* que da los acontecimientos como completamente pasados, y el *mimo,* que los da como absolutamente presentes, ya no tiene sentido. En la actuación del actor se tiene que ver claramente que ya conoce desde el principio el final de la obra, y que por ello tiene que tener «una absoluta y despreocupada libertad». En una representación viva cuenta el actor la historia de su personaje, sabiendo más que éste; y no pone el «aquí» y el «ahora» como una ficción posibilitada por las reglas escénicas, sino que los separa del «otro lugar» y del «ayer» para hacer visible la conexión de los acontecimientos.

51

Esto resulta particularmente importante en la representación de acciones de masas o cuando la situación histórica se transforma profundamente, como en épocas de guerra y revoluciones. El espectador puede ver entonces representados la situación de conjunto y el proceso de las situaciones. Por ejemplo, al oír hablar a una mujer podrá imaginarse cómo hablará, pongamos por caso, un par de semanas después; o podrá imaginarse a otras mujeres diciendo otras cosas en otro lugar, aunque en este mismo momento. Esto sería posible si la actriz actuase como si la mujer a la que representa ya hubiese vivido hasta el fin de la época en cuestión y, en el recuerdo, consciente de lo que ha ocurrido, seleccionara de las cosas que dijo entonces aquellas que resultaron ser importantes para su época; puesto que lo importante es aquello que *fue* importante. Sólo será posible distanciar a un personaje como «precisamente este personaje» y «precisamente este personaje en este momento», cuando se evite la ilusión de que el actor es el personaje, y la representación, lo acontecido.

52

Hay que evitar otra ilusión en este punto: la de que cualquiera actuaría como el personaje. Del «Yo hago esto» se ha llegado al «Yo hice esto», y ahora debe llegarse del «El hace esto» al «El hizo esto y no otra cosa». Es una gran simplificación el conformar las acciones al carácter y el carácter a las acciones: no es posible mostrar de este modo las contradicciones que se observan en las acciones y en el carácter de los hombres reales. No es posible demostrar las leyes del movimiento social a base de «casos ideales», ya que la «impureza» (contradictoriedad) forma parte, precisamente, del movimiento y de lo movido. Lo que sí es necesario y además imprescindible, es que se creen, en líneas generales, algo así como unas condiciones de experimentación; es decir, que siempre resulte posible imaginarse un experimento contradictorio. Aquí se trata, ante todo, de manejar la sociedad como si hiciese lo que en realidad hace, esto es, como un experimento.

53

No hay inconveniente en que, en los ensayos, se emplee el método de la identificación con el personaje (cosa que debe evitarse en las representaciones ante el público), siempre y cuando sea éste uno más entre los diversos métodos de observación. En los ensayos puede ser de utilidad; el teatro actual, haciendo de él un empleo exagerado, ha llegado a caracterizaciones muy refinadas. Pero se trata de la más primitiva de las formas de identificación cuando el actor se pregunta simplemente: ¿Cómo sería yo si me ocurriera esto o aquello? ¿Qué pasaría si yo dijese esto o aquello? En lugar de preguntarme: ¿Cómo he visto que los hombres dicen esto o hacen aquello? Para, tomando de aquí y de allí, construir el nuevo personaje al cual le haya podido suceder la historia y aun otras cosas. Se conseguirá la unidad del personaje en cuanto las características particulares se contradigan.

54

La observación es un aspecto fundamental del arte escénico. El actor observa con todos sus músculos y nervios a los demás hombres, en un acto de imitación, el cual es, al propio tiempo, un proceso mental. Si se tratase de una mera imitación, sólo conseguiría mostrar lo observado, lo cual no es suficiente, ya que el original que lo expresa lo hace en voz demasiado imperceptible. Para pasar de la copia grosera a la representación, es preciso que el actor mire a las personas como si éstas representasen aquello que hacen; en una palabra, como si le recomendasen al actor que medite sobre lo que hacen.

55

Sin criterios y sin intenciones, es imposible realizar verdaderas representaciones. Sin saber, es imposible mostrar. ¿Y cómo saber lo que vale la pena saberse? Si el actor no quiere ser ni un papagayo ni un mico, debe hacer suyo el saber de su tiempo sobre la convivencia humana, participando en la lucha de clases. Es posible que a alguno le parezca esto rebajarse, ya que —una vez ha quedado establecido lo que va a cobrar como actor—, coloca al arte en las más sublimes esferas. Pero las decisiones supremas del género humano se conquistan en la tierra, no en el éter; en el «exterior» y no en los cerebros. Nadie puede estar por encima de la lucha de clases, ya que nadie puede situarse por encima de los hombres. La sociedad no posee ningún altavoz común mientras siga dividida en clases que se combaten. En arte, «permanecer imparcial» significa ponerse del lado del partido «dominante».

56

Por tanto, la elección de una postura es otro de los aspectos fundamentales del arte escénico, y la elección debe producirse al margen del teatro. La transformación de la sociedad es un acto de liberación, como lo es la transformación de la Naturaleza. Y es la alegría surgida de la liberación la que debe realizar el teatro de la era científica.

57

Avancemos un paso más al investigar, por ejemplo, cómo debe el actor, a partir de lo dicho, leer su papel. Es importante que no pretenda «captarlo» demasiado de prisa. Aunque pretenda encontrar en seguida el tono más natural para su texto y la forma más cómoda de decirlo, no debe considerar la recitación en sí como la más natural, sino que se demorará y aplicará sus criterios generales, y traerá a colación otras maneras posibles de decir el texto. En pocas palabras: adoptará la actitud del que se asombra. Y esto, por dos motivos. Primero, para no establecer su personaje demasiado pronto, es decir, antes de conocer otras maneras de decir el texto y, especialmente, antes de conocer las de los otros personajes, lo cual le llevaría a numerosas adiciones. Y, sobre todo, en segundo lugar, para introducir en la complexión del personaje el «No esto-sino esto», que tan importante resulta cuando se quiere que el público, que representa a la sociedad, comprenda el proceso de los hechos por el flanco más vulnerable a la intervención humana. Cada actor, en lugar de hacer suyo solamente lo que cree que le es adecuado en cuanto «estrictamente humano», debe aspirar, ante todo, a lo que no le es adecuado y especial. Al estudiar el texto tiene que memorizar también estas sus primeras reacciones, reservas, críticas y perplejidades, con el fin de que no desaparezcan en la versión definitiva de su personaje; pues lo que interesa no es que se den como «resueltas», sino como presentes y perceptibles. Porque los personajes, y el conjunto, no deben tanto introducirse en el público, cuanto reflejarse en él como si a éste se le ocurriera

58

El actor debe aprenderse su papel juntamente con los otros actores, y debe construir su personaje al unísono con la construcción de los otros personajes. Porque la menor unidad social no es el hombre, sino dos hombres. También en la vida nos construimos mutuamente.

59

Una de las malas costumbres de nuestro teatro, que, sin embargo, encierra una buena enseñanza, es que el actor acostumbrado (la estrella) se «destaca», en buena parte, sirviéndose de los demás actores. Consigue que su personaje sea temible o sabio a base de obligar a sus compañeros a ser temerosos o apocados. Con el fin de dar a todos esta oportunidad, y de este modo contribuir a la mejor explicación de la fábula, deben los actores intercambiarse los papeles en los ensayos, para que los personajes reciban de cada uno lo que cada uno necesita. Pero también es bueno para el actor el ver a su personaje de otra manera o en la figura de otros. Un personaje acusa mejor su sexo cuando lo representa una persona del sexo opuesto, y si lo representa un cómico, trágica o cómicamente, revela nuevos aspectos. El actor, al contribuir a desarrollar a su antagonista o, por lo menos, al ponerse en el lugar del actor que lo representa, afirma, sobre todo, aquella decisiva postura social sobre la que se basa su personaje. El señor es sólo señor del modo como el siervo le permite serlo, etc.

60

Son muchísimos, naturalmente, los elementos constructivos que integran un personaje cuando éste entra en contacto con los demás personajes de la obra. Y el actor tiene que conservar en su memoria las sospechas y conjeturas nacidas de la lectura del texto. Pero aprende mucho más cuando se ve confrontado con el trato que le deparan los otros personajes de la obra.

61

El ámbito de las actitudes que los personajes mantienen entre sí es lo que llamamos el ámbito gestual. La actitud corporal, el tono de voz y la expresión del rostro están determinados por un «gesto» social: los personajes se insultan, se adulan, se aconsejan entre sí, etc. Forman parte también de las actitudes que los hombres adoptan entre sí, aquellas que son al parecer completamente privadas, como la exteriorización del dolor físico experimentado en la enfermedad, o las actitudes religiosas. Estas exteriorizaciones gestuales son, por lo general, muy complicadas y contradictorias, de modo que no se pueden interpretar como una sola palabra, y el actor debe tener cuidado de que al representarlas con la necesaria intensidad no se le pierda una parte y quede, en cambio, acentuado el conjunto.

62

El actor dominará su personaje al seguir críticamente la variedad de sus manifestaciones, así como las de sus antagonistas y las de los restantes personajes de la obra.

63

Veamos ahora, con el fin de alcanzar el contenido gestual, las escenas iniciales de una obra actual, mi «Vida de Galileo». Ya que lo que queremos es examinar de qué manera las diferentes manifestaciones se aclaran recíprocamente, vamos a dar por supuesto que no se trata de la primera aproximación a la obra. La obra comienza cuando Galileo, a sus cuarenta y seis años, se está lavando una mañana e interrumpe esta operación por la consulta de libros y por la lección sobre el nuevo sistema solar al adolescente Andrea Sarti. Si quieres mostrar esto, ¿no te será preciso saber que todo terminará con la cena del sabio a sus setenta y ocho años, abandonado para siempre por el mismo discípulo? En esta segunda ocasión le vemos terriblemente cambiado, más de lo que explicaría el transcurso del tiempo. Como con una voracidad desmedida, sin preocuparse de nada más; se ha desembarazado de sus tareas educativas como de un fardo, él que entonces bebía la leche del desayuno sin prestarle atención, ansioso por enseñar al muchacho. Pero ¿la bebía realmente con tanta despreocupación? ¿No hay el mismo placer en el beber y el lavarse que en sus novísimos pensamientos? No lo olvides: Galileo piensa por puro placer. ¿Y esto es bueno o malo? Te aconsejo que lo muestres como algo bueno, porque no encontrarás en toda la obra nada, en este punto, que sea desventajoso para la sociedad, y, sobre todo, porque tú mismo, como espero, eres un valeroso hijo de la era científica. Pero date clara cuenta de que esto traerá muchas y terribles consecuencias. En efecto, está relacionado con esto (con su aspiración al placer) el que este hombre que aquí saluda a los nuevos tiempos se vea obligado, al final, a exigir a esta nueva era que le aparte con desprecio, aunque apropiándoselo. Por lo que se refiere a la lección, debieras decidir, además, si Galileo habla solamente porque, como dice el refrán, el corazón, de tan lleno, se le sale por la boca, y si le hablaría de sus conocimientos a todo el mundo, incluso a un niño; o si el niño tiene que sonsacarle su sabiduría mostrando interés al conocer su carácter. Es decir, puede haber dos personas que no puedan aguantarse sus deseos, la una de preguntar y la otra de responder. Hay que tener en cuenta esta mutua comprensión, porque algún día será destruida de mala manera. Desde luego, querrás demostrar la rotación de la Tierra a toda prisa porque no te pagan, pero ahí llega el estudiante extranjero y rico, que tasa el tiempo del maestro a peso de oro. El nuevo estudiante no muestra interés alguno, pero hay que servirle, ya que Galileo carece de medios, y, por tanto, se encuentra entre el estudiante rico y el estudiante inteligente, y tiene que elegir suspirando. Al nuevo no le puede enseñar mucho, así que se deja instruir por él. Se entera de la existencia del telescopio, que ha sido descubierto en Holanda: a su modo se aprovecha de la interrupción de su trabajo matutino. Llega el rector de la Universidad. La petición de Galileo para que le aumenten el sueldo ha sido rechazada. La Universidad no quiere pagar por las teorías de la física lo que paga por las teológicas, y le solicita, ya que él se mueve en un plano inferior de investigación, objetos de utilidad cotidiana. En la manera como Galileo ofrece sus estudios teóricos, podrás ver cómo está acostumbrado a que se los rechacen y corrijan. El procurador le recuerda que la República permite la libertad de investigar, si bien pagando mal. El contesta que esta libertad le sirve de poco si no tiene una buena retribución que le permita el ocio. Harás bien en no interpretar su impaciencia como demasiado altanera, porque no tendrías en cuenta su pobreza. Poco después le encontrarás sumido en pensamientos que requieren alguna aclaración: el heraldo de una nueva época de verdades científicas estudia la forma de engañar a la República por dinero, ofreciéndole el telescopio como invento propio. Verás con asombro que estudia el invento, en el que va a ganar un par de miserables escudos, únicamente para comprenderlo bien. Si te adelantas hasta la segunda escena, descubrirás que ya casi se ha olvidado del dinero cuando va a vender el invento, con un discurso deshonesto por sus numerosas mentiras, a su Señoría de Venecia, porque junto a su aplicación militar ha descubierto la aplicación del instrumento a la astronomía. Digamos, en términos comerciales, que la mercancía que se le hizo producir bajo presiones, muestra su alta cualidad, especialmente para la misma investigación que tuvo que interrumpir para producirla. Cuando, en la ceremonia en que acepta, adulado, el inmerecido homenaje, le participa a un científico amigo suyo sus maravillosos descubrimientos (y no te pierdas cuán teatralmente lo hace), verás en él una emoción mucho más profunda que la que le procura la perspectiva del dinero. Aunque desde este punto de vista su charlatanería no tiene gran importancia, muestra, sin embargo, hasta qué punto está decidido este hombre a seguir el camino más fácil y a emplear su razón de cualquier manera, sea buena o mala. Pero una prueba aún más significativa le espera, y cuando se ha flaqueado una vez es fácil flaquear en lo sucesivo.

64

Interpretando este material gestual, el actor se apropia de su personaje al tiempo que hace suya la «fábula». Pero sólo a partir de ésta, es decir, del conjunto bien delimitado de acontecimientos, podrá el actor, como de golpe, alcanzar su figura definitiva, que resuelve en sí todos los rasgos particulares. Si se ha esforzado en sorprenderse a la vista de las contradicciones de las diferentes actitudes (sin olvidar que su tarea también consiste en hacer que el público se sorprenda igualmente ante ellas), entonces la fábula le dará, en su conjunto, la posibilidad de unificar las contradicciones. Porque la fábula, como conjunto de acontecimientos delimitados, expresa un sentido determinado, es decir, satisface tan sólo determinados intereses de los muchos posibles.

65

Todo depende de la «fábula», que es el corazón de la obra teatral. Porque los hombres extraen todo lo que puede ser discutido, criticado y transformado, precisamente de lo que ocurre entre ellos. Aunque la persona concreta representada por el actor sea naturalmente más amplia que la exigida por los acontecimientos de la fábula, esto, precisamente, es lo que hace que estos acontecimientos sean más sorprendentes, ya que los realiza aquella persona concreta. El objeto mayor del teatro es la «fábula», la composición total de todos los procesos gestuales, incluyendo las comunicaciones y los impulsos con los que se va a divertir el público.

66

Todo gesto particular contiene un gesto fundamental: *Ricardo Gloster corteja a la viuda de su víctima. Por medio del círculo de tiza se descubrirá la verdadera madre del niño. Dios hace una apuesta con el diablo por el alma del doctor Fausto. Woyzek se compra un cuchillo barato para matar a su mujer,* etcétera. La necesaria belleza de la agrupación de las figuras en la escena y del movimiento de los grupos ha de conseguirse, de manera especial, por la elegancia con que se realice el material gestual y se presente a los ojos del público.

67

Con el fin de evitar que el público se introduzca en la fábula como en un río, para dejarse arrastrar a la merced de la corriente, deben estar de tal manera concatenados los hechos, que se noten en seguida las junturas. Los acontecimientos no debieran sucederse inadvertidamente, sino que debe poderse intervenir por entre ellos mediante la facultad de juzgar. (Si por algún motivo fuera interesante mantener en la oscuridad las conexiones causales, debiera distanciarse entonces suficientemente esta circunstancia.) Las partes de la fábula deben enfrentarse cuidadosamente, manteniéndose la estructura propia de estas partes, como obritas dentro de la estructura global de la obra. Para este fin convienen títulos como los señalados en el epígrafe anterior. Estos títulos deben contener los aspectos sociales, pero, al mismo tiempo, deben dar a entender algo de la manera deseable en que se ha de hacer la representación, imitando, por ejemplo, y según convenga, el estilo de los títulos de una crónica, de una balada, de un periódico o de un tratado de costumbres. Una manera sencilla de interpretación distanciadora será, por ejemplo, aquella que suele usarse para describir los usos y costumbres. Así, pues, interpretarse una visita, o el trato que se da a un enemigo, o el encuentro de dos amantes, o una negociación comercial o política, como si se tratase de una costumbre que está en vigor en este lugar determinado. De esta manera interpretado, el hecho único y particular tiene una apariencia extraña, ya que se presenta como algo general y en forma de costumbre estereotipada. La sola pregunta sobre si realmente podría transformarse aquel hecho en un uso, y en qué medida, hace ya que el hecho en cuestión se presente como distanciado. Otra forma sería el estilo que emplean las historietas poéticas que se pueden estudiar en las barracas de feria, llamadas «panorámicas». En efecto, el distanciamiento puede emplear también ese método de dar fama a las cosas: se pueden presentar ciertos hechos como si fuesen famosos, como si fuesen conocidos por todo el mundo y desde hace mucho tiempo, y hacer lo mismo con sus particularidades, y como si se esforzase el que los presenta el no traicionar en absoluto a la tradición. En fin, existen muchas formas de narración, ya conocidas o por descubrir.

68

Pero ¿qué es lo que debe distanciarse y cómo? Esto depende de la interpretación que quiera darse al conjunto de los acontecimientos, y en ello puede el teatro poner de relieve, y con gran eficacia, los intereses de su tiempo. Tomemos como ejemplo de esta interpretación el «Hamlet». Teniendo en cuenta los tiempos sanguinarios y sombríos en los cuales yo estoy escribiendo esto, con unas clases dominadoras y crueles, y con un extendido escepticismo en el poder de la razón —a la que se sigue empleando torcidamente—, creo yo que esta fábula puede interpretarse de la forma siguiente: La época es belicosa. El padre de Hamlet, rey de Dinamarca, ha matado al rey de Noruega en una victoriosa guerra de rapiña. Cuando el hijo de éste, Fortimbrás, se prepara para una nueva guerra, el rey de Dinamarca es asesinado por su propio hermano. Los hermanos de los dos reyes muertos, ahora reyes, renuncian a la guerra, con el acuerdo de permitir que las tropas noruegas atraviesen el territorio danés para entregarse a una guerra de rapiña en Polonia. Es en este momento cuando Hamlet se siente conminado por el espíritu de su belicoso padre a vengar el crimen cometido en su persona. Indeciso algún tiempo de responder a un crimen con otro crimen, y decidido finalmente a marchar al exilio, se encuentra en la costa al joven Fortimbrás, cuando éste se dirige con sus tropas a Polonia. Contaminado del espíritu belicoso de Fortimbrás, regresa Hamlet para asesinar, en una espantosa carnicería, a su padre, a su madre y a sí mismo, abandonando Dinamarca a los noruegos. En este proceso podemos ver cómo este hombre joven, aunque ya un poco entrado en carnes, emplea de un modo notablemente deficiente la nueva razón aprendida por él en la Universidad de Wittenberg. La razón sólo le sale al paso dentro del marco de las rencillas feudales, a cuya época retrocede. Frente a su praxis irracional, su razón resulta completamente inservible. La contradicción entre sus meditaciones razonadoras y sus actos sanguinarios le conduce trágicamente a ser su víctima. Esta manera de leer el texto, que admite, desde luego, otras interpretaciones, me parece que podría interesar a nuestro público.

69

Todo nuevo, avance, toda emancipación de la Naturaleza en el proceso de la producción, conducen a una transformación de la sociedad. Todos los experimentos que la Humanidad realiza en una nueva dirección, con el fin de mejorar su suerte, nos procuran (lo reflejan las literaturas como éxitos o como fracasos) una auténtica sensación de triunfo y de confianza, y nos proporcionan el placer de admirar las posibilidades de cambio de todas las cosas. Esto es lo que piensa Galileo cuando dice: «En mi opinión, la Tierra es algo muy noble y muy digno de admiración, ya que se suceden en ella tantas y tan diversas transformaciones y generaciones.»

70

La principal tarea del teatro consiste en la interpretación de la fábula y en montarla mediante los efectos de distanciamiento que le corresponden. Claro está que el actor no es quien debe hacerlo todo, aunque nada se hará sin relación a él. La interpretación, montaje y presentación de la «fábula» correrá a cargo del teatro en su totalidad: actores, escenógrafos, músicos, coreógrafos, especialistas en máscaras y vestuario. Todos ellos reunirán sus diferentes artes en la común tarea, aunque ninguno tenga que perder por ello su independencia.

71

Las intervenciones musicales que se dirigen al público acentúan las canciones, y son el gesto general del mostrar que acompaña siempre a lo que se quiere mostrar de un modo especial. Por eso, no debieran pasar los actores a ellas «sin transición», sino, por el contrario, diferenciarlas claramente del resto. Esto se consigue aún mejor con la ayuda de los medios teatrales, como el cambio de luces o con titulares. La música, por su parte, se resistirá a toda coordinación con el texto, esa coordinación que siempre se da por supuesta y que hace de la música una sirvienta sin iniciativas. Su tarea no ha de ser la de «acompañar», ni siquiera la de comentar. No se contentará con «expresarse», patentizando simplemente el ambiente emocional que la sobrecoge a la vista de los hechos. Tendrá que hacerse de otro modo: Eisler, por ejemplo, ha atendido a la concatenación misma de los hechos al componer, para la mascarada de los gremios en la escena del Carnaval, de «Galileo», una música triunfal y amenazadora, que explica el giro subversivo dado por el bajo pueblo a las teorías astronómicas del sabio. De manera semejante, en *El círculo de tiza caucasiano*, la fría e impasible melodía del cantor, que describe la salvación del niño por la sirvienta, representada mediante una pantomima en el escenario, pone al descubierto los horrores de un tiempo en que la maternidad puede llegar a ser una debilidad suicida. Así que la música puede, de muchas maneras, y completamente, establecerse por su cuenta, y a su modo, tomar posición frente a los temas. Sin embargo, también puede servir para dar variedad a la diversión.

72

De la misma manera que el músico recobra su libertad al no tener que crear ambientes emocionales que faciliten al público el entregarse pasivamente a los hechos mostrados en el escenario, también el escenógrafo la recobra cuando, en la construcción de escenas, ya no tiene que crear ilusiones de espacio o de lugar. Son suficientes las insinuaciones, aunque éstas deben expresar lo que es interesante histórica y socialmente, con mayor claridad que lo que consigue la actual ambientación. En el Teatro hebreo de Moscú se distanciaba el «Rey Lear» mediante una construcción que recordaba un tabernáculo medieval; Neher puso el «Galileo» sobre un fondo de proyecciones de mapas, documentos y obras de arte del Renacimiento; en el teatro de Piscator, Heartfield utilizó para «Haitang despierta» un trasfondo de banderas giratorias con inscripciones, que indicaban el cambio de la situación política, desconocida a veces por los mismos personajes en escena.

73

También la coreografía recupera sus tareas de estilo realista. Es un error de los tiempos actuales el creer que ese arte nada tiene que ver con las representaciones de «los hombre tal como son en realidad». Cuando el arte refleja la vida, lo hace con reflejos especiales. El arte no se hace irrealista al alterar las proporciones, sino cuando las cambia de tal manera que el público, al utilizar las representaciones prácticamente como inspiraciones e impulsos, fracasa en la realidad. Es, desde luego, necesario que la estilización no anule lo natural, sino que lo acreciente. En todo caso, un teatro que lo basa todo en el gesto no puede prescindir de la coreografía. La misma elegancia de un movimiento o el encanto de una figura de danza sirven ya para distanciar, y los hallazgos de la pantomima contribuyen a realzar la fábula.

74

Si se invita aquí a estas artes hermanas del arte teatral no es para conseguir una *obra total* en cuanto cada una de ellas se entrega y se diluye en el conjunto, sino en cuanto, unidas al arte teatral, activan la tarea conjunta cada una en su modo específico, y su relación mutua consiste en distanciarse recíprocamente.

75

Y debe recordarse una vez más que la tarea del teatro consiste en divertir a los hombres de la era científica, y esto especialmente por los sentidos y con alegría. Esto es algo que nosotros, los alemanes, nunca nos repetiremos bastante, porque está en nuestra manera de ser el que todo se nos deslice con facilidad hacia lo incorpóreo y lo difuso, lo que nos lleva a hablar de una concepción del mundo cuando el mismo mundo se nos ha evaporado. El mismo materialismo no es para nosotros mucho más que una idea. Entre nosotros, el placer sexual se transforma inmediatamente en deberes matrimoniales; el placer artístico se pone al servicio de la cultura, y por aprender no entendemos un alegre conocer, sino una penosa obligación. Nuestra actividad nada tiene que ver con el alegre reconocimiento del mundo en torno, y, para justificarnos, no hablamos del placer que hemos tenido en algo, sino del sudor que nos ha costado.

76

Tenemos que hablar aún de la representación ante el público de lo que se ha ido elaborando en los ensayos. Es necesario que la misma actuación presuponga el gesto de querer mostrar algo acabado. Al público se le presenta lo que se ha repetido muchas veces a base de suprimir muchas cosas y, por ello, las representaciones acabadas deben presentarse con plena conciencia para que con plena conciencia sean recibidas.

77

Porque las representaciones deben dar paso a lo representado, a la convivencia de los hombres, y el placer ante su perfección debe ser realzado por el placer, aún más alto, de ver que las normas de la convivencia humana aquí expuestas son tratadas como pasajeras e imperfectas. En esto el teatro permite a sus espectadores el permanecer activos más allá de lo que se ve. En su teatro, el espectador podrá disfrutar en forma de diversión de los trabajos terribles e inacabables que le da su lucha por la vida y también de lo terrible de su incesante transformación. Aquí podrá realizarse el espectador de la manera más sencilla; porque la manera más sencilla de existencia es la que se da dentro del arte.

EL SOPLON

(Traducción, «Primer Acto», núm. 46)

Domingo por la tarde; llueve. El PADRE, *la* MADRE *y el* HIJO *se levantan de la mesa. Entra la* CRIADA.

LA CRIADA.—El señor y la señora Müller preguntan si están los señores.

EL PADRE.—*(Hosco.)* Diga que no estamos.

(La CRIADA *sale.)*

LA MADRE.—Debías haber cogido el teléfono tú mismo. Demasiado saben que no hemos podido salir aún.

EL PADRE.—Y ¿por qué no hemos podido haber salido?

LA MADRE.—Porque está lloviendo.

EL PADRE.—No es una razón.

LA MADRE.—Y ¿adónde habríamos ido? Se lo deben estar preguntando.

EL PADRE.—Se puede ir a muchos sitios.

LA MADRE.—Entonces, ¿por qué no salimos?

EL PADRE.—¿Y adónde vamos?

LA MADRE.—Quiero decir si no lloviese.

EL PADRE.—¿Adónde iríamos si no lloviese?

LA MADRE.—Antes, por lo menos, podíamos ver a unos y a otros. *(Un silencio.)* Has hecho mal en no coger el teléfono. Ahora ya saben que no queremos verlos.

EL PADRE.—¿Y qué?

LA MADRE.—Es desagradable apartarse de ellos, precisamente en el momento que todo el mundo hace lo mismo.

EL PADRE.—No nos apartamos de nadie.

LA MADRE.—Entonces, ¿por qué no quieres que vengan a casa?

EL PADRE.—Ese Müller me aburre a más no poder.

LA MADRE.—Antes no te aburría.

EL PADRE.—*(Se levanta.)* ¡Antes! ¡No me pongas nervioso con tu eterno «antes»!

LA MADRE.—De todos modos, antes no habrías roto con él porque estuviera amenazado de una investigación por la inspección escolar.

EL PADRE.—Entonces, ¿quieres decir que soy un cobarde? *(Silencio.)* Pues llámalos y diles que ya estamos aquí, que la lluvia nos ha hecho volver a casa.

LA MADRE.—*(Permanece sentada.)* ¿Les decimos a los Lemke que vengan?

EL PADRE.—¡Sí! ¡Para que nos vuelvan a hablar de la importancia de la defensa pasiva!

LA MADRE.—*(Al chico.)* Enrique, deja ya la radio.

(El niño coge los periódicos.)

EL PADRE.—¡Que llueva hoy es una catástrofe! ¡No debería llover en un país en el que la lluvia resulta una catástrofe! *(Tono de crítica.)*

LA MADRE.—¿Crees que es muy prudente hacer observaciones como ésa a gritos?

EL PADRE.—Puedo decir lo que me dé la gana en mi casa. No permitiré que en mi propio domicilio...

(Se interrumpe; la CRIADA *entra con la bandeja del café. Silencio mientras está en la habitación la* CRIADA.)

EL PADRE.—¿Es absolutamente necesario que tengamos una criada cuyo padre es jefe de barrio?

LA MADRE.—Me parece que ya hemos hablado bastante de eso. Dijiste que después de todo tenía sus ventajas.

EL PADRE.—¡Qué sé yo lo que he dicho! Conque se lo repitas a tu madre, ya verás en qué lío nos metemos.

LA MADRE.—Mis conversaciones con mi madre...

(La CRIADA *les interrumpe otra vez al traer el café.)*

LA MADRE.—Deje, Erna; yo lo sirvo. Puede usted salir.

LA CRIADA.—Gracias, señora. *(Sale.)*

EL HIJO.—*(Levantando la cabeza del periódico.)* ¿Todos los curas hacen esto, papá?

EL PADRE.—¿El qué?

EL HIJO.—Lo que trae aquí el periódico.

EL PADRE.—¿Qué estás leyendo? *(Le arranca el periódico de las manos.)*

EL HIJO.—¡Nuestro jefe de grupo ha dicho que lo que trae el periódico podemos leerlo todos!

EL PADRE.—Lo que diga el jefe de grupo me tiene sin cuidado. Soy yo quien decide lo que puedes leer y lo que no puedes leer.

LA MADRE.—Anda, Enrique; toma dinero, vete ahí enfrente y cómprate lo que quieras.

EL HIJO.—Está lloviendo. *(Se vuelve con irresolución hacia la ventana.)*

EL PADRE.—Si esos artículos sobre los procesamientos de sacerdotes no cesan, me daré de baja del periódico.

LA MADRE.—¿Y a qué periódico te vas a suscribir? Todos dicen lo mismo.

EL PADRE.—Si todos los periódicos publican semejantes porquerías, no leeré ninguno. Por eso no dejaré de saber, más o menos, lo que pasa en el mundo.

LA MADRE.—No está tan mal la «limpieza» que están haciendo.

EL PADRE.—¡Limpieza! Pero, mujer: todo eso no es más que política.

LA MADRE.—De todas formas, a nosotros no nos importa. Nosotros somos evangélicos.

EL PADRE.—Para el pueblo no es indiferente que no pueda pensar ya en una sacristía sin pensar en esas atrocidades.

LA MADRE.—¿Qué tienen que hacer entonces cuando pasan esas cosas?

EL PADRE.—¿Que qué tienen que hacer? Mejor les valdría barrer un poco su puerta. Según dicen, tampoco la tienen demasiado limpia.

LA MADRE.—¡Pero Carlos, por lo menos es una prueba de la higiene de nuestro pueblo!

EL PADRE.—¡Higiene! ¡Bonita higiene! Como la salud sea eso, prefiero la enfermedad.

(El niño se va.)

LA MADRE.—Estás muy nervioso hoy. ¿Ha pasado algo en la escuela?

EL PADRE.—¿Qué había de pasar en la escuela? Y, por favor, no digas constantemente que estoy nervioso. No hay nada que le ponga a uno más nervioso.

LA MADRE.—*(Se levanta.)* No deberíamos pelearnos sin parar todo el tiempo, Carlos. Antes...

EL PADRE.—¡Ya está! Lo esperaba. ¡Antes! Ni antes ni ahora consiento que envenenen la imaginación de mi hijo.

LA MADRE.—Bueno, y... ¿dónde está?

EL PADRE.—¡Y yo qué sé!

LA MADRE.—¿Le has visto salir?

EL PADRE.—¡No!

LA MADRE.—No comprendo dónde puede estar. *(Llama a Enrique por la casa, sale corriendo, se la oye llamar, vuelve.)* Se ha ido de verdad.

EL PADRE.—¿Y qué tiene de particular?

LA MADRE.—Está lloviendo a cántaros.

EL PADRE.—¿Y por qué te pones tan nerviosa por una vez que sale el niño?

LA MADRE.—¿Qué hemos estado diciendo?

EL PADRE.—¿Y qué tiene que ver?

LA MADRE.—¡Eres tan poco dueño de ti estos últimos tiempos!

EL PADRE.—Ya lo creo que soy dueño de mí; pero aunque no fuera así, me pregunto qué tiene eso que ver con que el niño haya salido.

LA MADRE.—Demasiado sabes que todos ellos escuchan.

EL PADRE.—¿Y qué?

LA MADRE.—¿Qué pasa si lo va contando por ahí? Ya sabes lo que les están predicando a las juventudes hitlerianas. Sabes muy bien que les incitan a denunciarlo todo. Es curioso que se haya marchado sin decir nada.

EL PADRE.—¡Tonterías!

LA MADRE.—¿No te has dado cuenta en qué momento se ha marchado?

EL PADRE.—Ha estado un buen rato distraído al lado de la ventana.

LA MADRE.—Me gustaría saber lo que ha podido oír.

EL PADRE.—Pero bueno, él sabe lo que pasa cuando se denuncia a la gente.

LA MADRE.—¿Y el chico del que nos han hablado los Schmukle? Su padre debe estar aún en el campo de concentración. Si supiéramos siquiera cuánto tiempo ha estado escuchándonos.

EL PADRE.—Todo eso son tonterías. *(Corre por el piso llamando.)*

LA MADRE.—*(Al teléfono.)* ¿Oiga? Soy la señora Furcke. Buenos días, señora Mummermman. ¿Está Enrique en su casa? ¿No? Entonces no tengo ni idea de dónde puede estar... Dígame, señora Mummermman: ¿está abierto los domingos por la tarde el local de las juventudes hitlerianas? ¿Sí? Muchas gracias, entonces voy a llamar allí.

(Cuelga el teléfono. Permanecen sentados en silencio.)

EL PADRE.—Bueno, ¿y qué ha podido oír?
LA MADRE.—Has criticado al periódico. Y no tenías que haber hablado como lo has hecho.
EL PADRE.—Pero ¿qué es lo que he dicho?
LA MADRE.—¡Acuérdate! Que no está todo demasiado «limpio» allí.
EL PADRE.—Como quiera que sea, no puede interpretarse eso como un insulto. Decir que no está todo limpio o —como lo decía con un atenuante— que todo no está *completamente* limpio, lo que ya constituye una diferencia apreciable, es más bien una observación humorística a la manera popular, y en el estilo de la conversación no significa mucho más que decir que «allí todo no marcha siempre, en todas las circunstancias, como quiere el Gobierno». Pues es indudable que lo que yo quería expresar intencionadamente es un carácter de pura probabilidad, que por otra parte he formulado, como recuerdo claramente, en estas palabras: todo no debe de estar completamente limpio —completamente, en sentido moderativo—. Debe de estar. ¡No está! No puedo decir que allí hay algo sucio no teniendo, naturalmente, ninguna prueba. Donde quiera que haya hombres, hay imperfección. No he dado a entender nada más, e incluso lo que he sugerido lo he hecho de la manera más suave. Por otra parte, en ciertas circunstancias, particularmente con respecto a Von Roehm, ¿no ha formulado el Führer su crítica de un modo infinitamente más vigoroso?
LA MADRE.—No te comprendo. No debías hablar así conmigo.
EL PADRE.—Me gustaría no verme obligado a ello. No quiero ni figurarme los cotilleos que tú misma

eres capaz de contar por ahí sobre lo que en un momento de excitación es capaz de decir uno entre estas paredes. Compréndeme bien. Estoy tan lejos de imputarte cualquier indiscreción con respecto a mí como de admitir por un momento que el pequeño pueda emprender lo que sea contra su padre; ¡pero entre hacer daño y saber que se hace hay una diferencia!

LA MADRE.—¡Pero cállate! ¡Y pon más cuidado en lo que dices! Todo este rato me estoy rompiendo la cabeza para acordarme de en qué momento has dicho que no se puede vivir en la Alemania de Hitler.

EL PADRE.—¡Ah! De eso sí que no he dicho ni una palabra.

LA MADRE.—*(Se levanta.)* ¡Pero te estás comportando como si fuese yo la policía! Mientras que me devano los sesos para recordar lo que el niño ha podido oír.

EL PADRE.—De todas formas, la expresión «Alemania de Hitler» no pertenece a mi vocabulario.

LA MADRE.—Sin embargo, la frase sobre el jefe de barrio, y que en los periódicos no hay nada más que mentiras, y lo que has dicho después sobre la defensa pasiva, ¿no es bastante..., digamos..., positivo, para que lo diga el niño? No resulta muy sano para el alma de una criatura, mientras el Führer proclama sin cesar que la juventud de Alemania es el porvenir de la patria. Pero el chiquillo es completamente incapaz de ir allí corriendo a denunciar a nadie, quien quiera que sea... ¡Siento que me está entrando jaqueca!

EL PADRE.—Quizá tengas razón. Pero él es rencoroso

LA MADRE.—¿Y de qué?

EL PADRE.—El diablo lo sabe. Siempre hay algo. Quizá porque le he quitado su rana verde.

LA MADRE.—Hace ya una semana de eso.

EL PADRE.—Bueno, pero esas cosas las guarda.

LA MADRE.—Y, además, ¿por qué se la quitaste?

EL PADRE.—Porque no encontraba moscas para ella. La dejaba matar de hambre.

LA MADRE.—Desde luego, tiene muchas cosas que hacer.

EL PADRE.—La rana no tiene nada que ver con eso.

LA MADRE.—Pero nunca ha dicho esta boca es mía, y yo acababa de darle diez pfennings. Tiene todo cuanto quiere.

EL PADRE.—De acuerdo, pero eso es la corrupción.

LA MADRE.—¿Qué quieres decir?

EL PADRE.—En seguida van a decir que hemos intentado corromperle para que se calle.

LA MADRE.—Según tú, ¿qué crees que pueden hacerte? *(Se sienta.)*

EL PADRE.—¡Bah! Todo. Ya sabes que no hay límites. ¡Dios mío, y encima ser profesor! ¡Educador de la juventud! ¿Cuando se la teme y cuando se la tiene miedo?

LA MADRE.—¡Pero no hay nada contra ti!

EL PADRE.—Hay algo contra todos. Todos son sospechosos. ¿No basta con una sospecha para que cualquiera sea sospechoso?

LA MADRE.—*(Se levanta.)* Pero un niño no es un testigo digno de fiar... Un niño no sabe lo que se trae entre manos...

EL PADRE.—Exacto; pero ¿desde cuándo necesitan testigos?

LA MADRE.—¿Por qué no intentamos imaginar lo que pensabas al hacer tus observaciones? Creo que en ese momento el niño te ha comprendido mal.

EL PADRE.—¿Qué podré haber dicho? No consigo acordarme. Y encima esta maldita lluvia, que tiene la culpa de todo. Además, yo sería el último en decir nada contra el impulso psíquico que el pueblo alemán experimenta hoy. Yo, a fines del treinta y dos, lo había previsto todo.

LA MADRE.—Carlos, no tenemos tiempo de hablar de eso. Tenemos que ponernos de acuerdo exactamente y en seguida. No hay que perder ni un minuto.

EL PADRE.—No puedo figurarme eso de Enrique.

LA MADRE.—Empecemos por los de las «porquerías».

EL PADRE.—Pero, bueno, yo no he pronunciado la palabra «porquerías».

LA MADRE.—Has dicho que el periódico está lleno de porquerías y que querías borrarte.

EL PADRE.—Sí, el periódico, pero nada más.

LA MADRE.—¿No puedes haber dicho, por ejemplo, que repruebas esas porquerías en las sacristías? ¿Y que consideras plausible que sean esas gentes que están hoy ante los tribunales las que en su tiempo han inventado esas fábulas atroces de que en el Gobierno las cosas no están muy limpias? ¿Y que, además, has dicho al niño que dejara la radio y cogiese el periódico, porque opinas que la juventud del tercer Reich debe observar a las claras lo que ocurre en torno de ella?

EL PADRE.—¡Bah! Todo eso no sirve de nada.

LA MADRE.—¡Carlos! ¡No te dejes abatir! Sé fuerte, como el Führer lo repite a cada...

EL PADRE.—*(La corta.)* ¡No puedo presentarme ante el tribunal y que en el banco de los testigos comparezcan mi carne y mi sangre deponiendo contra mí!

LA MADRE.—¡No tomes las cosas así!

EL PADRE.—Era una imprudencia muy grande tratar a los Müller.

LA MADRE.—¡Pero si no les ha pasado nada!

EL PADRE.—De acuerdo, pero la investigación amenaza ya.

LA MADRE.—Si todos aquellos sobre quienes pesa una amenaza de investigación se desesperasen...

EL PADRE.—¿Crees que el jefe de barrio tiene algo contra nosotros?

LA MADRE.—¿Te refieres a si hicieron alguna investigación? Le hemos dado una caja de puros para su santo y el aguinaldo ha sido estupendo.

EL PADRE.—De ahí al lado han dado quince marcos.

LA MADRE.—¿Los Dauff? ¡Ya lo creo! En el 32 leían todavía el «Vorwärte», y en mayo del 33 ponían colgaduras negras, blancas y encarnadas.

(Toca el teléfono.)

EL PADRE.—¡El teléfono!

LA MADRE.—¿Lo cojo?

EL PADRE.—No sé.

LA MADRE.—¿Quién puede ser?

EL PADRE.—Espera un momento. Si toca otra vez, cógelo.

(Esperan. El teléfono deja de sonar.)

EL PADRE.—Esto no es vida.

LA MADRE.—¡Carlos!

EL PADRE.—¡Un Judas! Un Judas es lo que has echado al mundo. Está sentado a la mesa, y mientras se traga la sopa que le ofrecemos, se aprovecha de todo lo que dicen sus padres, ¡el chivato!

LA MADRE.—No debías decir eso. *(Un silencio.)* ¿Crees que deberíamos prepararnos?

EL PADRE.—¿Piensas que van a venir con él en seguida?

LA MADRE.—Es posible, después de todo.

EL PADRE.—¿Acertaría poniéndome mi Cruz de Hierro?

LA MADRE.—¡Claro que sí, Carlos! *(Va a buscarla y se la prende con manos temblorosas.)* ¿Pero seguro que no hay nada contra ti en la escuela?

EL PADRE.—¿Cómo quieres que lo sepa? Estoy dispuesto a enseñar todo lo que quieran que enseñe. Pero ¿qué es lo que quieren que enseñe? ¡Si siquiera lo supiera! ¿Sé acaso cómo quieren que haya sido Bismark? ¡Sacan tan despacio los nuevos libros de texto! ¿No podrías dar diez marcos más a la criada? También está siempre escuchando.

LA MADRE.—*(Aprueba con la cabeza.)* !Oye! Y el retrato de Hitler, ¿no crees que poniéndolo en tu despacho haría mejor?

EL PADRE.—Tienes razón. Ponlo. *(Ella va a hacerlo.)* ¡Espera! Si el pequeño ve que acabamos de cambiarlo, podría significar que tenemos complejo de culpabilidad.

(La MADRE *vuelve a poner el marco donde estaba.)*

EL PADRE.—¿No ha sido la puerta?

LA MADRE.—No he oído nada.

EL PADRE.—¡Sí!

LA MADRE.—¡Carlos! *(Le abraza.)*

EL PADRE.—Calma tus nervios. Vete haciéndome un paquetito de ropa.

(Ruido de la puerta del descansillo. El PADRE *y la* MADRE *están una al lado del otro en la esquina de la habitación, rígidos. La puerta se abre. El* HIJO *entra, con un cucurucho en la mano.)*

EL HIJO.—Bueno, ¿qué hay?

EL PADRE.—¿Dónde has ido?

(El niño enseña un cucurucho y el chocolate.)

LA MADRE.—¿Has ido sólo a comprar el chocolate?
EL HIJO.—¿Y a qué iba a ir?

(Cruza la habitación comiendo. Sus padres le siguen con la vista, con inquietud.)

EL PADRE.—¿Crees que ha dicho la verdad?

(La MADRE *se alza de hombros.)*

EL CIRCULO DE TIZA CAUCASIANO

(Versión de Alberto Castilla. «Primer Acto», núm. 64)

CANTOR.—Escuchad ahora la historia del niño en el proceso. En ella se cuenta cómo Azak descubrió a la verdadera madre entre las dos que pretendían serlo, mediante la vieja leyenda, muy famosa, del Círculo de Tiza.

(Sala del Tribunal de Nuka. Los guardias atraviesan la escena llevando a Miguel, y se marchan por el fondo. Un guardia contiene a Crusa en la puerta, amenazándola con la pica, hasta que el niño desaparece. Luego se le permite entrar. Va con ella la cocinera del gobernador Abasili. En la lejanía, ruidos y fuego.)

COCINERA.—Tienes suerte, porque te toca el Azak, que no es un verdadero juez, es un borracho y no sabe nada de nada. A los ladrones más grandes los ha perdonado. Los de nuestra clase salen ganando muchas veces con él, porque lo confunde todo. Parece ser que los ricos no le pagaban suficiente soborno.
CRUSA.—Hoy necesito tener suerte.

COCINERA.—Por si acaso, no la invoques. *(Se persigna.)* Me parece que lo mejor será rezar un rosario para que el Juez se emborrache otra vez.

(Reza en silencio moviendo los labios, mientras Crusa trata de buscar con la vista al niño inútilmente.)

COCINERA.—Lo que no comprendo es por qué tratas de retenerlo si no es tuyo.

CRUSA.—Es mío. ¡Yo lo crié!

COCINERA.—Nunca pensaste lo que puede ocurrir si vuelve la otra madre.

CRUSA.—Sí, al principio intenté devolverlo, pero luego pensé que esa mujer no volvería más.

COCINERA.—Claro, y una falda prestada también da calor, ¿eh? *(Crusa asiente con la cabeza.)* Yo juraré lo que tú quieras, porque tú eres una persona decente. *(Recordando de memoria.)* La tuve a mi cuidado por cinco piastras y la Crusa vino a buscarlo el día de Pascuas, por la noche, cuando comenzó todo el jaleo, antes de la hora de cenar.

(Mira al soldado Sasava, que se acerca.)

COCINERA.—Pero con Simón te has portado mal. Yo hablé con él, mujer, y te aseguro que no comprende nada.

CRUSA.—*(Que no lo ha visto.)* Pues si él no lo comprende, ¿qué puedo hacer yo ahora por él?

COCINERA.—Simón comprendió lo del niño. Pero que estés casada y que ya no vuelvas a ser libre hasta que la muerte os separe, eso no lo comprende.

(Crusa mira a Simón y lo saluda.)

SIMÓN.—*(Sombrío.)* Quisiera comunicar a la señora que estoy dispuesto a declarar, a jurar, que el padre del niño soy yo.

CRUSA.—Está bien, Simón.

SIMÓN.—También quisiera decir que por eso no me obligo a nada y que la señora tampoco.

COCINERA.—No hay necesidad de eso. Crusa está casada, ya lo sabes.

SIMÓN.—Eso es asunto suyo, y no es necesario darle más vueltas.

(Entran dos guardias.)

GUARDIAS.—¿Dónde está el Juez? ¿Alguien ha visto al Juez?

CRUSA.—*(Dándose la vuelta y cubriéndose la cara.)* No tenía que haber vuelto a Nuka. Si me encuentra el cabo a quien golpeé en la cabeza...

GUARDIA.—Seguid buscando.

(Los dos primeros se van rápidamente, el tercero se queda. Crusa grita. El guardia se vuelve. Es el cabo, tiene una larga cicatriz en la cara.)

GUARDIA DE LA PUERTA.—¿Qué pasa, choto? ¿La conoces a ésa?

CABO.—*(Perplejo, lo observa.)* No.

GUARDIA.—Es la que robó el hijo de las Abasili. Si sabes algo de esto te puedes hacer con un filón de oro.

(El cabo se va maldiciendo.)

COCINERA.—¿Era él? *(Crusa asiente.)* Me parece que éste cierra el pico; de lo contrario, tendría que reconocer que perseguía al niño.

CRUSA.—*(Aliviada.)* Casi olvidaba ya que salvé al niño de estos...

(Entra la mujer del gobernador con el ayudante y los abogados.)

NATALIA.—¡Gracias a Dios! Por lo menos aquí no hay gentuza del pueblo. No soporto su olor; en seguida me viene la jaqueca.

ABOGADO 1.º—Por favor, distinguida señora, le ruego que sea razonablemente humana en sus declaraciones.

NATALIA.—Pero si no dije nada, Ilo Suborade. Yo amo al pueblo con su mentalidad sencilla y rota. Es sólo su olor lo que me produce jaqueca.

ABOGADO 2.º—Tendremos poca gente. La población se ha refugiado en sus casas, por los disturbios de los arrabales.

NATALIA.—Esta es la mujerzuela.

ABOGADO 1.º—Por favor, distinguida Natalia Abasili, resérvese este tipo de comentarios hasta que tenga la seguridad de que el Gran Duque ha nombrado al nuevo Juez y de que nos hemos librado del actual, que es lo más bajo que hasta hoy ha vestido la toga. Pero me parece, excelencia, que el proceso está a punto de comenzar.

(Algunos guardias llegan a la sala.)

COCINERA.—La señora te arrancaría hasta los pelos si el Azak no fuera partidario de los pobres. Es un arbitrario. Para él lo que cuenta es la pinta que tienes. Te absolverá si le caes bien.

(Dos guardias comienzan a asegurar una cuerda en la columna. El Azak entra maniatado. Detrás de él, también maniatado, Chauva. Luego, los tres terratenientes.)

GUARDIA.—¿Intentabas huir? *(Le golpea.)*

UN TERRATENIENTE.—Antes de colgarlo, quitarle la toga.

(Guardias y hacendados lo despojan con violencia de la toga. Queda a la vista su andrajosa ropa interior. Luego, le empujan con dureza.)

GUARDIA.—*(Empujando hacia otro al Azak.)* ¿Quieres un montón de justicia? ¡Ahí va!

(Bajo los gritos de «ahí va», «venga», se van arrojando el Azak los unos a los otros, hasta que se desploma. Entonces, lo levantan y lo arrastran hasta la horca.)

NATALIA.—*(Que ha aplaudido histéricamente durante el peloteo.)* Al primer golpe de vista ya no me fuiste simpático.

AZAK.—*(Cubierto de sangre, jadeante.)* No puedo ver; alcanzadme un pañuelo.

GUARDIA.—¿Y qué es lo que quieres ver?

AZAK.—A vosotros, perros. *(Se limpia la sangre de los ojos con su camisa.)* Dios sea con vosotros, perros. ¿Cómo os va, perros? ¿Qué tal por vuestro mundo de perros? ¿Huele todo bien? ¿Hay de nuevo alguna bota por lamer? ¿Os despedazáis otra vez a mordiscos, perros?

(Entra un jinete cubierto de polvo con un cabo. De un bolso de cuero ha sacado papeles y los ha leído. Luego interviene.)

JINETE.—¡Alto! Aquí está la orden del Gran Duque en en relación con los nuevos nombramientos.

CABO.—*(Ruge.)* ¡Silencio!

(Todos callan.)

JINETE.—Esta es la orden del Gran Duque sobre el nuevo Juez. Dice así: «Nombramos Juez a un hombre al que se debe la salvación de una vida importantísima para el país, un cierto Azak, en Nuka.» ¿Quién es?

CHAUVA.—*(Señala al Azak.)* Allí, en el patíbulo, excelencia.

CABO.—*(Ruge.)* ¿Qué es lo que aquí pasa?

GUARDIA.—Solicito la venia para informar que el Juez nombrado era ya el Juez. Pero estos terratenientes lo denunciaron como enemigo del Gran Duque.

CABO.—*(A los terratenientes.)* ¡A la cárcel!

(Se los llevan. Los ricos caminan con interminables reverencias.)

CABO.—Y ahora cuidad que su excelencia no vuelva a ser molestado.

COCINERA.—*(A Chauva.)* La gobernadora aplaudió antes; ojalá que el Juez lo haya visto.

ABOGADO 1.º—Esto es catastrófico.

(Azak ha perdido el sentido. Es reanimado y se recobra. Le ponen nuevamente la toga y sale tambaleándose del grupo de guardias.)

GUARDIA.—No lo tome usted a mal, excelencia. ¿Qué desea vuestra excelencia?

AZAK.—Nada, queridos perros. En todo caso, cuando llegue el momento, una bota para lamer. *(Por Chauva.)* Soltadlo. *(El soldado es liberado de sus ligaduras.)* Anda, tráeme una botella de tinto. *(Chauva se va.)* Vosotros, largaos; vamos a celebrar un juicio aquí. *(Los soldados se van.)* Chauva, trae una jarra de vino. *(Azak bebe unos buenos tragos.)* ¡Algo para el trasero! *(Chauva trae el Código y lo pone sobre el asiento de la silla; Azak se sienta.)* Soy un Juez comprensivo algunas veces. *(Las caras de los acusados muestran una sonrisa liberadora. En el silencio anterior hubo un preocupado cambio de opiniones. Hay un cuchicheo general.)*

COCINERA.—¡Ay, Dios!

SIMÓN.—«Una fuente no se puede llenar de rocío», se dice por ahí.

ABOGADOS.—*(Acercándose al Azak, que, ansioso, se levanta.)* Un caso verdaderamente ridículo, excelencia. La parte contraria secuestró a un niño y ahora se niega a devolverlo, afirmando que es suyo.

AZAK.—*(Les alarga la mano abierta, mirando a Crusa.)* ¡Una persona muy atractiva! *(Palpa el dinero y se sienta, conforme.)* Declaro abierto el juicio y pido que digáis la verdad *(a Crusa)*, especialmente a ti.

ABOGADO 1.º—Dignísimo y respetado tribunal: en lenguaje popular se dice: «la sangre es más espesa que el agua». Esta vieja sabiduría...

AZAK.—El tribunal desea saber a cuánto ascienden los honorarios del abogado.

ABOGADO 1.º—*(Sorprendido.)* ¿Qué decía, por favor? *(Azak frota amigablemente el pulgar e índice.)* ¡Ah, sí! Quinientas piastras. Una extraña pregunta, excelencia. ¿No le parece?

AZAK.—¿Una extraña pregunta? ¿No ve que le atenderé de forma muy distinta si llego a decidir que usted es un abogado bien?...

ABOGADO.—*(Se inclina. Después de un momento de confusión.)* Oh, le quedo muy reconocido, excelencia. *(Pausa.)* Los lazos de la sangre son más fuertes que todos los otros lazos. Veamos: madre e hijo. ¿Acaso existe una relación más íntima? ¿Se puede arrancar al hijo de una madre? ¡Dignísimo tribunal, ella lo ha recibido en el santo éxtasis del amor, lo llevó en su vientre, lo alimentó con su sangre, lo dio a luz con dolores! Digno tribunal: sabemos cómo la salvaje hembra del tigre, cuando le roban sus cachorros, vaga por las montañas sin descanso, convertida en sombra de lo que antes era. La naturaleza humana...

AZAK.—*(Interrumpiéndolo. A Crusa.)* ¿Qué puedes alegar a todo esto y a todo lo que todavía tiene que decir el señor abogado?

CRUSA.—Es mío.

AZAK.—¿Eso es todo? Espero que lo puedas demostrar. Sea como fuere, te aconsejo que me respondas a esto: ¿Tú crees que debo otorgarte al niño? *(Crusa inclina la cabeza y no dice nada.)* ¿Por qué?

CRUSA.—Yo lo crié todo lo mejor que pude, y siempre encontré para él algo de comer. No tuve en cuenta nunca mi propia comodidad. Le enseñé a saber ser amable con todos desde un principio, le inculqué el amor al trabajo, y él aprendió tanto como pudo porque todavía es pequeño. Pero casi siempre pude encontrar un techo, un abrigo para protegerle de la lluvia y el frío.

ABOGADO 1.º—Excelencia, me permito puntualizar que la parte contraria no hizo valer ninguna clase de lazos sanguíneos entre ella y el niño.

AZAK.—El tribunal lo tiene en cuenta.

ABOGADO 1.º—Gracias, excelencia, Permitid ahora que una mujer, profundamente angustiada, que ya perdió su esposo y que ahora también teme perder a su hijo, os dirija la palabra. Dignísima Natalia Abasili...

NATALIA.—*(En voz baja.)* Señor mío un suceso verdaderamente trágico me obliga a rogaros la devolución de mi hijo. No quisiera describirle a usted los padecimientos espirituales de una madre destrozada, los temores, las noches de insomnio, las...

ABOGADO 2.º—*(Interrumpiendo.)* ¡Es increíble el tratamiento que esta mujer ha recibido! Se le impide la entrada al palacio de su marido, se le impide recibir sus bienes, se le dice fríamente que está ligada al heredero, que nada puede conseguir sin el niño, y además, la triste, la expoliada, no puede pagar a sus abogados. *(Al Abogado 1.º, quien, des-*

esperado, le hace frenéticos gestos para que se calle.) Estimado Ilo Subolade, ¿por qué no decir que a fin de cuentas de lo que se trata es de los bienes de los Abasili?

ABOGADO 1.º—Por favor, estimado Sandro Obolade, habíamos convenido... *(A Azak.)* Naturalmente, la sentencia determinará también el que nuestra noble cliente pueda disponer de los cuantiosos bienes de los Abasili..., y conste que, al decir «también», estoy pensando sobre todo en la humana tragedia de una madre, tal como quedó expresado por la propia Natalia Abasili en el comienzo de sus conmovedoras declaraciones. Aun en el caso de que Miguel Abasili no fuera el heredero de los bienes, no por eso dejaría de ser el hijo amantísimo de mi cliente.

AZAK.—No insista. El tribunal interpreta la mención de los bienes como una muestra de humanidad.

ABOGADO 2.º—Gracias. ¡Estimado Ilo Subolade, sea como fuere, podemos demostrar que la persona que ha raptado al niño no es la verdadera madre! Permítame vuestra merced publicar los hechos reales. El niño Miguel Abasili fue abandonado en el día de autos debido a una desgraciada sucesión de circunstancias. La Crusa, fregona de palacio, estaba presente en ese Domingo de Pascua, y se la vio huir con el niño...

COCINERA.—¡La señora del gobernador sólo pensaba en los vestidos que podía llevarse!

ABOGADO 2.º—*(Inmóvil.)* Casi un año más tarde, apareció la Crusa en una aldea de la montaña con un niño, y contraía matrimonio con...

AZAK.—¿Cómo hiciste para llegar a esa aldea?

CRUSA.—A pie, señor. Es mi hijo.

SIMÓN.—Y yo soy el padre, excelencia.

COCINERA.—Y yo le cuidaba, excelencia, por cinco piastras.

ABOGADO 2.º—El hombre fue prometido de la Crusa, dignísimo tribunal, y, por lo tanto, no es digno de confianza su testimonio.

AZAK.—¿Tú te casaste con ella en esa aldea?

SIMÓN.—No, excelencia; se casó con un campesino.

AZAK.—*(Hace señas a Crusa para que se acerque.)* ¿Por qué? *(Refiriéndose a Simón.)* ¿No sirve éste para la cama? Di la verdad.

CRUSA.—Hasta eso no hemos llegado. Yo me casé por el niño. Para que tuviera un techo. *(Refiriéndose a Simón.)* El estaba en la guerra, excelencia.

AZAK.—¿Y ahora quiere volver de nuevo contigo, no?

CRUSA.—*(Airada.)* No seré libre nunca más.

SIMÓN.—Quisiera que se anotara en el acta.

AZAK.—Entonces, ¿sostienes que el niño es fruto de un acto ilícito? *(Crusa no contesta.)* Te pregunto: ¿Qué clase de hijo es éste? ¿Un bastardo de la calle?, ¿o un niño fino de rica familia?

CRUSA.—*(Enojada.)* Uno cualquiera, señor.

AZAK.—Veamos, ¿quizá mostró prematuramente rasgos refinados?

CRUSA.—Una nariz en la cara, señor.

AZAK.—Una nariz en la cara. La considero una respuesta muy importante de tu parte. Se cuenta de mí que antes de dictar cierta sentencia, salí para oler un ramo de rosas. Se trata de superflujos a veces necesarios. Bien, ahora seré breve. Y no deseo oír más vuestras mentiras *(a Crusa)*, en especial las tuyas. Os conozco bien; sólo tratáis de fastidiarme. Sois todos unos tramposos.

CRUSA.—*(En un arranque.)* Lo sabía. Sabía que usted trataría de terminar pronto este juicio. De liquidarlo cómodamente, sin problemas. Lo supe al ver cómo me recibió.

AZAK.—Cierra el pico, Crusa.

CRUSA.—*(La cocinera la trata de contener.)* Porque soy pobre, porque no tengo nada.

AZAK.—Correcto. De vosotros, hambrientos, no recibo nada. Si dependiera de vosotros, me habría muerto de hambre hace tiempo. Queréis justicia, pero ¿queréis pagar? Cuando váis al carnicero, sabéis bien que hay que pagar, pero al juez váis como a la comida de un funeral.

SIMÓN.—*(Fuerte.)* «Cuando quisieron errar el caballo, el mercader extendió las piernas», según dicen.

AZAK.—*(Aceptando el desafío.)* «Es preferible un tesoro procedente del muladar que una piedra procedente del manantial de las montañas.»

SIMÓN.—«Hermoso día, ¿vamos a pescar?», dijo el pescador al gusano.

AZAK.—«Yo soy mi propio dueño, dijo el criado, y se cortó un pie.»

SIMÓN.—«Os quiero como un padre, dijo el zar a los campesinos, y ordenó degollar al zarevich.»
AZAK.—«El peor enemigo del loco es él mismo.»
SIMÓN.—«Pero el pedo no tiene nariz.»
AZAK.—Diez piastras de multa por lenguaje indecente ante el tribunal, para que aprendas lo que es justicia.
CRUSA.—La justicia, ¿verdad? Nosotros no tenemos dinero ni hablamos como ésos. Y por eso vas a pisotear nuestros derechos.
AZAK.—Así es. Y además, sois demasiado tontos. Es justo que os dé una buena lección.
CRUSA.—Entonces, vas a entregar el niño a esa mujer, quizá porque es demasiado fina para haber sabido alguna vez cómo hay que limpiarlo. Tú sabes tanto de justicia como yo. ¡Acuérdate!
AZAK.—En eso tienes parte de razón; soy un hombre ignorante, no tengo ni siquiera ropa fina bajo la toga. Mira tú misma. En mí, todo se reduce a comer y beber. Concluyendo, te condeno a pagar diez piastras por insultos al tribunal... Espera... Considerando, además, que has obrado de una manera estúpida enfadándote conmigo en vez de provocarme y mostrarme un poco tus nalgas para que me ponga más predispuesto... Te condeno a veinte piastras.
CRUSA.—Y aunque fueran treinta. Pero voy a decirte lo que opino de tu justicia, borracho zanahoria. ¿Cómo puedes permitirte hablar conmigo como si fueras un señor, como Moisés al bajar del Sinaí? Mira, cuando te parió tu madre no se había escrito todavía que un día le irías a pegar a ella en las manos por hurtar un puñado de garbanzos. ¿No te avergüenzas de ver cómo tiemblo ante ti? Y ahora te conviertes en el lacayo de ésos, y les ayudas para que no les quiten las casas que han robado. ¿Desde cuándo pertenecen las casas a las chinches? Pero tú vigilas para que siga todo igual, para que sigan arrastrando nuestros hombres a sus guerras, tú, «vendido». *(El Azak se ha levantado. Está radiante. Con su pequeño martillo golpea en la mesa, pero cuando las protestas de la Crusa suben de tono, le lleva el compás.)* No siento ningún respeto hacia ti. Te veo como lo que eres, como un ladrón o un criminal armado de cuchillo. Tú podrás qui-

tarme el niño, ciento contra uno a que lo haces, pero te digo una sola cosa: Para tu profesión habría que elegir solamente a pervertidores de niños y a usureros obligados, como castigo, a golpear a sus semejantes, que es aún peor retorcerse al extremo de una cuerda.

AZAK.—*(Sentándose.)* Ahora son treinta. Y no discuto más contigo, como si estuviésemos en una taberna. ¿Dónde quedaría mi dignidad de juez? En fin, ¿dónde están esos dos que querían divorciarse? *(A Chauva.)* Tráelos. Queda interrumpido este caso durante un cuarto de hora.

(Chauva cumple la orden.)

ABOGADO 1.º—Creo que, aunque no aleguemos nada más, tenemos el fallo en el bolsillo, dignísima señora.

COCINERA.—*(A Crusa.)* Lo echaste todo a perder... Ahora te lo quitará.

NATALIA.—Chauva, mis sales. *(Entra un matrimonio muy viejo.)*

AZAK.—Soy un juez comprensivo algunas veces. *(Alarga la mano y los viejos no entienden nada.)* Entiendo que queréis divorciaros. ¿Cuánto tiempo hace que estáis casados?

EL VIEJO.—Cuarenta años, excelencia.

AZAK.—¿Y por qué eso del divorcio?

EL VIEJO.—Discutimos mucho, excelencia. No nos caemos bien, no nos somos simpáticos.

AZAK.—¿Hace ya mucho tiempo de esto?

EL VIEJO.—Desde siempre, señor.

AZAK.—Voy a pensar en vuestro caso y pronunciaré mi fallo cuando termine este otro. *(Chauva los lleva al fondo.)* Necesito al niño. *(Le hace una seña a Crusa y se inclina hacia ella sin enojo.)* He podido ver que tú entiendes algo de justicia. No creo que el niño sea tuyo, pero aunque así fuese, mujer, ¿no te gustaría hacerlo rico? Sólo necesitarías decir que no es tuyo, simplemente. Y en seguida, el niño tendría un palacio, muchos caballos en su pesebre, muchos soldados a su servicio y muchos pobres a su puerta, muchos servidores en su corte. ¿No es así? ¿Qué respondes? ¿No quieres que sea rico? *(Crusa calla.)*

CANTOR.—Oíd lo que Crusa pensó:
No lo quiero vestido con joyas y bordados
si ha de pisar al miserable,
si ha de ejercer la maldad.
Quizá así su vida
pudiera ser más grata.
Pero explotar, fingir y maltratar
y arrastrar para siempre
un corazón de piedra,
es también una ingrata tarea, señor.
Lo quiero como yo.
Lo prefiero a mi lado.
Quiero que siga siendo lo que es.
Podrá temer el hambre,
pero no a los hambrientos.
Podrá temer la noche,
pero nunca
la luz de la razón.

AZAK.—Creo que te comprendo, mujer.

CRUSA.—No lo entregaré; lo crié y me conoce.

(Chauva hace entrar al niño.)

NATALIA.—Está cubierto de harapos.

CRUSA.—No es cierto. Es que, con tanta prisa, no tuve tiempo de cambiarle.

NATALIA.—¡Estaba en una pocilga!

CRUSA.—*(Explotando.)* No soy un cerdo, pero hay otras que lo son. ¿Dónde dejaste tú al hijo?...

NATALIA.—¡Ya te voy a dar, mujerzuela! *(Quiere lanzarse sobre Crusa, pero es retenida por los abogados.)* ¡Es una criminal! ¡Hay que azotarla inmediatamente!

ABOGADO 2.º—*(Le tapa la boca.)* Dignísima Natalia Abasili, usted nos prometió... Excelencia, comprenda, son los nervios.

AZAK.—¡Acusadora y acusada! El tribunal ha oído vuestro caso, pero no ha conseguido esclarecer quién es la verdadera madre de este niño. Yo, en mi carácter de juez, tengo el deber de encontrarle una madre. Haremos una prueba definitiva. Chauva, toma un trozo de tiza. Dibuja un círculo en el suelo. Pon el chico adentro. *(Chauva lo hace. El niño, dentro del círculo, sonríe a Crusa.)* ¡Acusadora y acusada, poneros junto al círculo las dos!

(Las dos mujeres lo hacen.) ¡Tomad cada una una mano del niño! La verdadera madre tendrá la fuerza suficiente para sacar al niño del círculo estirándole de la mano.

ABOGADO.—*(Ligero.)* ¡Dignísimo tribunal! Elevo mi protesta por la forma que se hacen depender los bienes de los Abasili, unidos al niño como heredero, de un duelo tan dudoso. Y todavía más: mi demandante no posee las mismas fuerzas que esa mujer, acostumbrada a realizar trabajos corporales.

AZAK.—Pues yo la veo muy bien alimentada. ¡Tirad!

(Natalia Abasili estira fuerte y saca al niño del círculo por su lado. Crusa ha soltado la mano y queda perpleja.)

ABOGADO 1.º—*(Felicita a la mujer del gobernador.)* ¿No lo dije? ¡Lazos de sangre!

AZAK.—*(A Crusa.)* ¿Qué te pasa? ¿Por qué no tiraste, mujer?

CRUSA.—No sé... No apreté con fuerza... Se me escapó... *(Corre hacia el Azak.)* Excelencia, ¡retiro todo lo que dije contra usted! ¡Le ruego me perdone! ¡Si al menos me permitiera retener conmigo al niño hasta que pueda enseñarle a escribir bien! Ahora sólo conoce las vocales.

AZAK.—No trates de influir al tribunal. ¿Acaso sabes tú escribir las consonantes? Bien, repitamos la prueba, pero que conste que es la última vez. ¡Tirad!

(Las dos mujeres se colocan nuevamente. Crusa suelta otra vez al niño.)

CRUSA.—¡Yo lo crié! ¿Acaso voy a despedazarlo? ¡No puedo!

AZAK.—*(Se levanta.)* Y con esto el tribunal ha comprobado quién es la verdadera madre. *(A Crusa.)* Toma tu hijo y llévatelo. Te aconsejo que no te quedes en la ciudad con él. *(A la mujer del gobernador.)* Y tú, vete de aquí antes de que te condene por engaño. Las propiedades son adjudicadas a la ciudad para que se construya un jardín para los niños, que bien lo necesitan. Ah, ordeno que lleve el nombre de «El jardín de Azak». *(La mujer del gobernador se desmaya y es recogida por el ayudante, que se la lleva, mientras que los abogados ya han desaparecido. Crusa se ha quedado inmóvil. Chauva le alcanza el niño.)* Y yo dejo la toga de juez, porque ya me está dando demasiado calor. No pienso hacer más el papel de héroe. Pero os invito a todos a un pequeño baile. Como despedida. Ah, casi me olvidaba: tengo que dictar el divorcio. *(Empleando la silla de juez como mesa, escribe algo en un papel y se dispone a marcharse. La música de baile ha comenzado.)*

CHAUVA.—*(Que ha leído el papel.)* Pero esto no es correcto... ¡Usted no ha divorciado a los dos viejos, sino a Crusa de su marido el campesino!

AZAK.—¿He divorciado a los otros? Bueno, lo siento mucho, pero ya está hecho. No rectifico nada de lo hecho. De lo contrario, el orden no sería respetado. *(A Crusa y Simón.)* Ah, vosotros todavía me debéis cuarenta piastras.

CRUSA.—*(Saca de su bolso.)* Es barato, vuestra merced. Y muchas gracias.

AZAK.—*(Toma el dinero.)* Lo voy a necesitar.

CRUSA.—Lo mejor será que esta noche nos vayamos de la ciudad. ¿Verdad Miguel? *(A Simón.)* Lo deseas?

SIMÓN.—Tengo el honor de comunicar que lo deseo.

CRUSA.—Y ahora puedo explicártelo ya: Recogí al niño porque en ese día de Pascua me había prometido a mi amado para siempre. Y por eso es un hijo del amor. *(Al niño.)* ¿Quieres bailar, Miguel?

(Crusa baila con el niño. Simón lo hace con la cocinera. También bailan los viejos. Todo el mundo baila.)

(Azak, serio. En silencio. Queda sumido en pensamientos. Las parejas, poco a poco, lo van ocultando. De cuando en cuando se le ve cada vez menos, conforme van entrando más parejas que bailan.)

CANTOR.—Y esa noche
se marchó el Azak.
Pero en Grusinia, el pueblo
ya no pudo olvidarle.
Y en mucho tiempo
recordó su reinado de Juez.
Como una breve época
casi de justicia.

(Las parejas siguen bailando; Azak ha desaparecido.)

Pero vosotros,
público del Círculo de Tiza,
recordar siempre la opinión del viejo:
Lo que existe debe pertenecer
a aquellos que para eso valen.
Los niños, para que se desarrollen y crezcan,
a la mujer de sentimientos maternales.
Los coches, al conductor rápido y prudente,
para que el viaje sea bueno.
Y el valle, a los que lo riegan.
Para que dé
SUS FRUTOS.

(Estrenada en Madrid por el T. N. U.)

LA PERSONA BUENA DE SEZUAN (Fragmento)

(Traducción de José Monleón y Armando Moreno, «Primer Acto», núm. 84)

LA SALA DEL TRIBUNAL

(Entran en grupos: el señor Shu-Fu y la propietaria. Sun y su madre. Wang, el carpintero, el abuelo, la joven prostituta, los dos viejos, la señora Sin. El policía. La cuñada.)

ANCIANO.—Es demasiado importante.
WANG.—Quiere abrir otras doce tiendas.
CARPINTERO.—¿Cómo queréis que el juez dicte una sentencia justa, si los amigos del acusado, el barbero Shu-Fu y la propia Mit-Tzu, son también sus amigos?

CUÑADA.—Ayer vimos cómo la señora Shin entraba en la cocina del juez llevando, de parte del señor Shui-Ta, un ganso tan gordo, que la grasa goteaba del cesto...

ANCIANA.—*(A Wang.)* ¡Nuestra pobre Shen-Té! No la veremos nunca más.

WANG.—Sí, sólo los dioses podrían descubrir la verdad.

POLICÍA.—¡Silencio! ¡El tribunal!

(Entran con toga de jueces los tres dioses. Mientras se dirigen a sus sitios, hablan en voz baja.)

DIOS 3.º—Todo se descubrirá. Nuestras credenciales están muy mal falsificadas.

DIOS 2.º—La gente comenzará a sospechar de esta súbita indigestión del juez.

DIOS 1.º—¿Súbita? Es muy lógica si se ha comido medio ganso.

SHIN.—Son jueces nuevos.

WANG.—¡Y de los buenos!

(El Dios 3.º, que es el último en entrar, lo oye, gira la cabeza y le sonríe. Los dioses se sientan. El Dios 1.º golpea con el martillo sobre la mesa. Los policías acompañan a Shui-Ta, que es recibido con silbidos, pero que conserva un andar altivo.)

POLICÍA.—Prepárese para una sorpresa. No es el juez Fu-Yi-Tscheng. Pero los nuevos jueces parecen también muy indulgentes.

(Shui-Ta ve a los dioses y se desmaya.)

PROSTITUTA JOVEN.—¿Qué pasa ahora? ¡El Rey del Tabaco se ha desmayado!

CUÑADA.—Claro, al ver a los nuevos jueces.

WANG.—Parece que los conoce. No lo entiendo.

DIOS 1.º—*(Abriendo el juicio.)* ¿Es usted Shui-Ta, el negociante de tabaco?

SHUI-TA.—*(Débilmente.)* Sí.

DIOS 1.º—Se le acusa de haber hecho desaparecer a su prima, la señorita Shen-Té, para apropiarse de su negocio. ¿Confiesa su culpa?

SHUI-TA.—No.

DIOS 1.º—*(Examinando las actas.)* Escucharemos primero al policía del barrio. ¿Cuál es la reputación del acusado y cuál la de su prima?

POLICÍA.—*(Se adelanta.)* La señorita Shen-Té era una muchacha que procuraba ser agradable con todo el mundo. Vivir y dejar vivir, como suele decirse. El señor Shui-Ta, en cambio, es un hombre de principios. La generosidad de la señorita le ha obligado, a menudo, a tomar severas medidas. Al mismo tiempo, y al contrario que su prima, ha estado siempre al lado de la ley. En cierta ocasión, desenmascaró a una banda de ladrones a los que, confiadamente, su prima había dado hospitalidad. En otra, impidió que la propia Shen-Té hiciera, solemnemente, un falso juramente. Tengo al señor Shui-Ta por un ciudadano respetable y respetuoso con las leyes.

DIOS 1.º—¿Hay otras personas dispuestas a declarar, bajo juramento, que no creen al acusado capaz de cometer el delito que se le imputa?

(Avanzan Shu-Fu y la propietaria.)

POLICÍA.—*(A la oreja de los dioses.)* El señor Shu-Fu, ¡un señor de mucha influencia!

SHU-FU.—El señor Shui-Ta es considerado en Sezuán como un acreditado hombre de negocios. Es vicepresidente de la Cámara de Comercio y está previsto que sea juez de paz de su barrio.

WANG.—Previsto por vosotros, que tenéis negocios con él.

POLICÍA.—*(Murmura.)* ¡Qué tipo!

MIT-TZU.—Como presidenta del Comité de Beneficencia, quiero comunicar al tribunal que el señor Shui-Ta no sólo está a punto de procurar a los numerosos obreros de su factoría unos locales inmejorables, claros y saludables, sino que, además, se preocupa de favorecer con regularidad nuestro Hogar para los Inválidos.

POLICÍA.—*(Murmura.)* La señora Mit-Tzu, una íntima amiga del juez Fu-Yi-Tscheng.

DIOS 1.º—Basta, basta. Pasemos ahora a los testimonios menos favorables.

(Wang, el carpintero, el parado, la pareja de ancianos, la cuñada y la prostituta joven se adelantan.)

POLICÍA.—La escoria del barrio.

DIOS 1.º—Veamos: ¿Qué sabéis de Shui-Ta? En general, ¿cómo se comportaba?

TODOS A LA VEZ.—*(Gritando.)* ¡Nos ha arruinado! ¡Es un estafador! ¡Nos ha obligado a hacer el mal! ¡Explota a los débiles! ¡Nos ha mentido! ¡Pisoteado! ¡Asesinado!

DIOS 1.º—Acusado, ¿qué tiene usted que alegar?

SHUI-TA.—No he hecho otra cosa que defender, pura y simplemente, la existencia de mi prima, Señorías. He venido aquí tres veces, y las tres ha sido únicamente para salvar la tiendecita, que ella estaba a punto de perder. Yo no quería quedarme, pero las circunstancias me han obligado a ello, recibiendo solamente disgustos. Mi prima era estimada por todo el mundo y yo he tenido que hacer todo el trabajo sucio y necesario. Por eso me detestan.

CUÑADA.—¡Y tanto, Señorías! *(A Shui-Ta.)* Y no voy a hablar de los sacos.

SHUI-TA.—¿Por qué no? ¿Por qué no?

CUÑADA.—*(A los Dioses.)* Shen-Té nos había dado su hospitalidad, y él, en cambio, nos denunció a la policía.

SHUI-TA.—¡Habíais robado pasteles!

CUÑADA.—¡Como si a él le importasen los pasteles del panadero! Lo que él quería era quedarse solo con la tienda.

SHUI-TA.—¡La tienda no era un asilo, egoístas!

CUÑADA.—Pero nosotros no teníamos dónde ir.

SHUI-TA.—Erais demasiados.

WANG.—¿Y estos dos? *(Señala a los dos viejos.)* ¿También eran unos egoístas?

ANCIANO.—Dimos nuestros ahorros a Shen-Té para su tienda. ¿Por qué nos has hecho tú perder la nuestra?

SHUI-TA.—Mi prima quería ayudar a un aviador que buscaba una plaza de piloto, ¡y yo tenía que encontrar el dinero!

WANG.—Quizá eso es lo que ella quería, pero a ti te interesaba la plaza de Pekín sólo porque daba más ganancias. ¡La tienda no era lo bastante buena para ti!

SHUI-TA.—¡El alquiler era muy caro!

SHIN.—Eso es verdad.

SHUI-TA.—Y mi prima no entendía nada de negocios.

SHIN.—¡Eso también es verdad! Y, además, estaba enamorada del aviador.

SHUI-TA.—Tenía derecho, ¿no?

WANG.—¡Claro que sí! Entonces, ¿por qué querías obligarla a casarse con un hombre *(señala al barbero)* al que no amaba?

SHUI-TA.—¡El hombre a quien ella quería era un indeseable!

WANG.—¿El?

(Señala a Sun.)

SUN.—*(Saltando.)* Y como era un indeseable, ¡lo has puesto al frente de tu oficina!

SHUI-TA.—¡Para que te enmendaras! ¡Para que te enmendaras!

CUÑADA.—¡Para hacer de ti un perro guardián!

WANG.—Y cuando ya se había enmendado, vas y lo vendes a ésta, ¿no? *(Señala a la propietaria.)* Ya se encargó ella de pregonarlo.

SHUI-TA.—No me cedía sus locales si él no le tocaba las piernas.

MIT-TZU.—¡Mentiroso! No hable más de mis locales. No quiero saber ya nada de usted. ¡Asesino!

(Ofendida, sale temblando de rabia.)

SUN.—*(Con aire decidido.)* Señorías, debo decir una palabra en su favor.

CUÑADA.—¡Claro que debes! Tú eres su empleado.

PARADO.—¡Es el guardián con más mala sangre que nunca se ha visto! ¡Podrido hasta la medula!

SUN.—Señorías, el acusado puede haber hecho de mí eso que dicen, pero no es cierto que sea un asesino. Momentos antes de su detención, oí la voz de Shen-Té en la trastienda.

DIOS 1.º—Entonces, ¿está viva? Explícanos todo lo que oíste.

SUN.—*(Triunfante.)* ¡Varios sollozos, Señorías; varios sollozos!

DIOS 3.º—¿Y la reconociste?

SUN.—Absolutamente. ¿Cómo no iba a reconocer su voz?

SHU-FU.—Es cierto. Tú la has hecho llorar a menudo.

SUN.—Eso no quita el que también la haya hecho feliz. Mientras que él *(señala a Shui-Ta)* quería vendértela.

SHUI-TA.—*(A Sun.)* ¡Porque tú no la querías!

SUN.—No. Porque buscabas dinero.

SHUI-TA.—Señorías, pero ¿para qué necesitaba yo el dinero? *(A Sun.)* Tú querías que ella sacrificase a todos sus amigos; en cambio, el barbero le ofrecía sus casas y su dinero para ayudar a los desgraciados. Para que pudiese hacer el bien, yo tenía que casarla con el barbero.

WANG.—Entonces, ¿por qué no la dejaste hacer el bien una vez cobrado el cheque? ¿Por qué enviaste a los amigos de Shen-Té al infecto agujero de tu fábrica, Rey del Tabaco?

SHUI-TA.—Era por el niño.

CARPINTERO.—¿Y mis hijos? ¿Qué has hecho por mis hijos?

(Shui-Ta se calla.)

WANG.—¡Ahora te callas! Esa tienda era, en el espíritu de los dioses, una pequeña fuente de bondad para tu prima. Ella siempre intentaba hacer el bien, y tú siempre llegabas para impedírselo.

SHUI-TA.—*(Fuera de sí.)* ¡Porque de otra forma, la fuente se habría secado, estúpido!

SHIN.—¡Eso es cierto, Señorías!

WANG.—¿De qué sirve una fuente si no podemos sacar agua?

SHUI-TA.—¡Las buenas obras significan la ruina!

WANG.—*(Furioso.)* Y las malas significan la buena vida, ¿verdad? ¿Qué has hecho de la buena Shen-Té, malvado? Los buenos son raros. ¿Cuántos quedan aún, Resplandecientes? Ella, ella sí que era buena. Cuando aquél *(señala con el dedo al barbero)* me estropeó la mano, ella quería declarar a favor mío. Ahora soy yo el que declara a favor suyo. Era buena, ¡lo juro!

(Levanta la mano para hacer el juramento.)

DIOS 3.º—¿Qué le pasa a tu mano, aguador?
WANG.—*(Señalando a Shui-Ta.)* La culpa es suya, ¡sólo suya! ¡Shen-Té iba a darme el dinero para el médico, pero entonces llegó él! ¡Tú eras su mortal enemigo!
SHUI-TA.—Su único amigo.
TODOS.—¿Dónde está ahora?
SHUI-TA.—¡No lo diré!
TODOS.—¿Y por qué ha tenido que marcharse?
SHUI-TA.—*(Gritando.)* Porque entre todos la habríais despedazado.

(Súbitamente, un silencio absoluto.)

SHUI-TA.—*(Que se ha dejado caer sobre una silla.)* No puedo más. Lo diré todo. Que se marche todo el mundo y que se queden solamente los jueces. Tengo que hacer una confesión.
TODOS.—Lo admite. ¡Va a confesar!
DIOS 1.º—*(Golpeando sobre la mesa con su martillo.)* ¡Que todo el mundo abandone la sala!

(El policía hace evacuar la sala.)

SHIN.—*(Mientras sale sonriendo.)* ¡Menuda sorpresa se van a llevar!
SHUI-TA.—¿Han salido? ¿Todos? Ya no puedo seguir callando. ¡Os he reconocido, Resplandecientes!
DIOS 2.º—¿Qué has hecho de nuestra persona buena de Sezuán?
SHUI-TA.—Dejadme que os confiese la terrible verdad: yo soy el alma buena que buscáis.

(Levanta su máscara y se quita la ropa, apareciendo Shen-Té.)

DIOS 2.º—¡Shen-Té!

SHEN-TÉ.—Sí, yo soy. Shen-Té y Shui-Ta. Los dos.
Lo que vosotros me mandasteis:
ser buena y seguir viviendo,
me ha partido, como un rayo, en dos mitades.
No sé cómo sucedió: no podía a un mismo tiempo
ser buena para los demás y para mí.
Ayudar a los otros y a mí misma, era demasiado
¡Ah, qué difícil es vuestro mundo! [duro.
¡Demasiada miseria! ¡Demasiada desesperación!
¡La mano que tiendes al desvalido,
te la arranca si puede!
¡Ayudando a un hombre que va perdido,
te pierdes a ti mismo!
¿Quién puede seguir siendo bueno mucho tiempo
si mueren los hambrientos?
¿De dónde podía yo sacar
todo cuanto necesitaba? Sólo de mí misma.
Pero, ¿cómo hacerlo sin perecer?
El peso de las buenas intenciones
me aplastaba, pero me bastaba
cometer una injusticia
para ser poderosa y comer cuanto quería.
Hay algo que no marcha bien en vuestro mundo.
¿Por qué la maldad se ve recompensada,
y por qué amenaza a los buenos una lucha tan
¡Ah! ¡Había en mí [dura?
un tal deseo de sentirme mimada! Pero había
también una secreta sabiduría, porque desde pe-
[queña
me han lavado con el agua del arroyo. Aprendí
a tener los ojos bien abiertos.
La compasión
me hacía tanto daño, que me transformaba en fu-
a la sola vista de los miserables. [riosa loba
Sentía que me convertía en otra:
las manos se me volvían garras, las buenas pala-
[bras
tenían un sabor de ceniza en la boca. Y, sin em-
me gustaba ser el Angel del Suburbio. Dar [bargo,
era una alegría para mí. Ver un rostro feliz,
me hacía feliz.

Condenadme; todos los crímenes
los he cometido para ayudar a mis vecinos,
para amar a mi amor y
para salvar a mi pequeño de la miseria
Al lado de vuestros grandes proyectos, Resplande-
yo, pobre de mí, era demasiado pequeña. [cientes,

DIOS 1.º—*(Expresando su horror.)* ¡No hables más, desgraciada! ¡Qué pensaremos ahora, que estamos tan contentos de haberte encontrado!

SHEN-TÉ.—¡Pero es necesario que os diga que yo soy esa odiosa criatura de quien todos han echado pestes!

DIOS 1.º—¡Esa alma buena de quien nos han contado sus acciones admirables!

SHEN-TÉ.—¡No, también la mala!

DIOS 1.º—¡Ha sido un malentendido! Circunstancias desgraciadas, vecinos con mal corazón y cierto exceso de celo.

DIOS 2.º—¿Y cómo se las arreglará para seguir viviendo?

DIOS 1.º—Muy fácilmente. Es una muchacha robusta, bien plantada, capaz de resistir lo que haga falta.

DIOS 2.º—¿Pero no has oído lo que acaba de decirte?

DIOS 1.º—*(Vehemente.)* Todo confuso, confuso, increíble, absolutamente increíble. ¿Admitiremos que nuestros mandamientos destruyen y que es mejor renunciar a ellos? *(Acalorado.)* ¡Jamás! ¿Debe cambiar el mundo? ¿Cómo? ¿Quién va a cambiarlo? No, no. ¡Todo está en orden!

(Golpea rápido la mesa con el martillo. A una señal suya, se escucha la música. Se extiende una luz rosa.)

Ahora, volvamos allá arriba. Este pequeño mundo
nos ha cautivado. Sus placeres y sus penas
sucesivamente nos alegran y nos entristecieron.
En nuestro feliz retiro, más allá de las estrellas,
nosotros pensaremos en ti, Shen-Té, nuestra alma
[buena.
Tú, que, sobre esta tierra, elevas nuestro espíritu.
Tú, que llevas encendida tu antorcha en plena
¡Adiós, y buena suerte! [noche.

(A una señal del Dios 1.º, el techo se abre. Desciende una nube rosa. Montados en ella, los Dioses ascienden lentamente.)

SHEN-TÉ.—¡No, no, dioses Resplandecientes! ¡No os vayáis! ¡No me abandonéis! ¿Cómo podré mirar a la cara a los dos ancianos que han perdido su tienda, ni al aguador de la mano muerta? ¿Y qué haré para defenderme del barbero, a quien no amo, y de Sun, a quien amo? Y espero un niño. Pronto mi hijo estará aquí y reclamará su comida. ¡No puedo quedarme en Sezuán!

(Mira asustada hacia la puerta, por donde van a entrar sus acusadores.)

DIOS 1.º—Podrás. Limítate a ser buena y todo marchará bien.

(Entran los testigos. Contemplan con estupor a los jueces volando sobre la nube.)

WANG.—¡Respetemos a los dioses! Han descendido entre nosotros. Tres de los más grandes han venido a Sezuán en busca de un alma buena. La habían encontrado, pero...

DIOS 1.º—¡Nada de pero! ¡Aquí está!

TODOS.—¡Shen-Té!

DIOS 1.º—No ha muerto. Estaba, simplemente, escondida. Ella, que es un alma buena, seguirá entre vosotros.

SHEN-TÉ.—¡Pero necesito a mi primo!

DIOS 1.º—Sólo de uvas a peras.

SHEN-TÉ.—¡Al menos, una vez por semana!

DIOS 1.º—¡Una vez al mes es suficiente!

SHEN-TÉ.—¡No os alejéis, dioses Resplandecientes! ¡Aún no lo he dicho todo! ¡Os necesito!

TRÍO DE DIOSES *(esfumándose sobre la nube)*:

No podemos quedarnos,
más allá de una hora fugitiva;
si lo examinamos demasiado,
el hallazgo se esfuma.
Vemos cómo las sombras de vuestros cuerpos,
enturbian la pura claridad del oro.
Permitidnos, sencillamente,
volver a nuestra nada.

SHEN-TÉ.—¡Auxilio!
LOS DIOSES:

(Mientras Shen-Té, desesperada, tiende los brazos hacia ellos, los dioses se desvanecen en las alturas, haciendo señales de despedida.)

La labor que con afán
realizamos en la Tierra,
terminó. ¡Bendita sea
la persona buena de Sezuán!

DELANTE DEL TELON

(Un actor avanza delante del telón y dirige al público sus excusas en forma de epílogo.)

EPILOGO:

Señoras y señores: Bien sabemos
que este final no es justo ni adecuado.
Como un sueño dorado transcurría
y de pronto ha tomado un giro amargo.
Vuestras preguntas vemos cómo surgen
frente al telón caído. Sin amparo.
Mas, como dependemos de vosotros,
queremos, sobre todo, no irritaros.
De nada han de servir nuestras excusas,
sin vuestra ayuda, nuestro esfuerzo es vano.
¿Dónde está, pues, la solución correcta?
A ningún precio la hemos encontrado.
¿Hacen falta otros hombres? ¿Otro mundo?
Terminemos con esta incertidumbre,
que nos tiene hondamente preocupados.
Buscad vosotros mismos el final.
Buscad la solución. El modo honrado
de que encuentren los buenos la manera
de vivir como debe un ser humano.
Querido público: Busca tú mismo
el desenlace justo y necesario.
Pues tiene que haber uno limpio y bueno;
tiene que haberlo y hemos de encontrarlo.

FIN

CRONOLOGIA (1)

JUVENTUD: 1898 - 1920

1898. Nace en Augsburgo (Baviera) Eugen Bertolt Fredrich Brecht, de padres de acomodada burguesía, el 10 de febrero.

1908-1917. Estudia en el Instituto científico. Publica sus primeros cuentos y poemas en el «Augsburger Neueste Nachrichten» (1914). Hace amistad con el futuro escenógrafo Caspar Neher, que será después uno de sus más fieles colaboradores.

1917-1918. Frecuenta en Munich la Facultad de Medicina.

1918. Entra en el servicio militar, en Sanidad. Durante la breve experiencia de los «Soviets» bávaros, forma parte en Augsburgo del Consejo de soldados y obreros. Inicia la redacción del drama *Baal*.

1919. En Munich entra en contacto con los grupos artísticos de vanguardia (los escritores Merhing y Becher, el director Erich Engel, la actriz Blandine Ebinger) y conoce a Lion Feuchtwanger; se exhibe en los **cabarets** de Trude Hesterberg y Karl Valentin Termina *Baal* (representada en Leipzig en 1923) y escribe, aparte de pequeños trabajos, *Tambores en la noche*

(1) Datos procedentes de los libros *Bertolt Brecht*, de PAOLO CHIARINI, y *El teatro de Bertolt Brecht*, de JOHN WILLET.

(estrenada en Munich en 1922). Inicia su colaboración como crítico de teatro en «Der Volkswille», órgano del partido social demócrata independiente, en Augsburgo, continuándola hasta 1921.

Los «años veinte»: 1920 - 1933

1920. Se traslada definitivamente a Munich.

1921. Empieza a escribir *En la jungla de las ciudades*, estrenada dos años después, en Munich.

1922. Viaje a Berlín y amistad con Arnolt Bronnen. Obtiene el premio Kleist por *Tambores en la noche*. Se casa con Marianne Josephine Zoff y nace, en 1923, su hija Hanne Marianne (hoy famosa actriz con el nombre artístico de Hanne Hiob).

1923. En colaboración con Feuchtwanger, inicia la redacción de *Vida de Eduardo II de Inglaterra*, estrenada en 1924, en Munich, con dirección del mismo Brecht. Es contratado por los Kammerspiele de Munich en calidad de *Dramaturg*. *Putsch* de Hitler en Munich.

1924. Llamado por Max Reinhardt al Deutsches Theater con la función de *Dramaturg*, se establece en Berlín. Nuevos amigos, especialmente entre los dadaístas; conoce a Helene Weigel —con la que se casará en 1928 y de la que tendrá dos hijos: Stephan ya en 1924 y Bárbara en 1930—. Comienza *Un hombre es un hombre*, estrenada en Darmstandt en 1926.

1926. Amistad con el sociólogo Fritz Sternberg. Inicia el estudio profundo del socialismo y toman consistencia teórica sus nuevas ideas teatrales y el concepto del «teatro épico».

1927. Publica el poemario *Libro de las devociones domésticas*, del que en el mismo año extrae *La pequeña Mahagonny*, con música de Kurt Weill y estrenado en el Festival de Baden-Baden. Colabora con Piscator en la escenificación de *Aventuras del buen soldado Schweyk*, extraída de la novela de Jaroslav Hâsch. Se divorcia de Josephine Zoff.

1928. Exito clamoroso en el Theater am Schiffbauerdamm, de *La ópera de perra gorda*, en colaboración con Kurt Weill, con el que inicia *Ascensión y ruina de la ciudad de Mahagonny*, estrenada en Leipzig en 1930.

1929. Estrena en Baden-Baden los «dramas didácticos» *El vuelo de los Lindbergh*, *El vuelo oceánico* y *El convenio*, musicados por Weill y Paul Hindemith. Prepara las «óperas escolares» *El conforme* y *El disconforme*, escenificadas en Berlín en 1930 y discutidas colectivamente en la escuela marxista de Neukölln.

1930. Inicia la publicación de los *Versuche*, en los que recoge obras teatrales, poemas, relatos y escritos teóricos. Termina *La Santa Juana de los mataderos*, iniciada el año precedente y, tras una adaptación radiofónica transmitida en 1932, representada íntegra por vez primera en Hamburgo en 1956. Escribe los «dramas didácticos» *Medidas a tomar* (o *La línea de conducta*), estrenado seguidamente en Berlín, y *La excepción y la regla*, no representada en Alemania. Empieza *La madre*, de la homónima novela de Gorki, estrenada —1932— en Berlín.

1931-1932. Escenifica la película *Kuhle Wampe;* música de Hans Eisler.

1932. Trabaja en *Cabezas redondas y cabezas puntiagudas*, sátira del racismo nazi, concluida en 1934.

1933. En enero, una representación de *La línea de conducta* es suspendida por la policía en Erfurt. El 28 de febrero, día siguiente al del incendio del Reichstag, Brecht abandona Alemania. El 10 de mayo, quema de sus libros ante la Opera de Berlín.

Período del exilio: 1933 - 1948

1933. Las primeras etapas de la emigración: sucesivamente, Praga, Viena, Zurich y Carona, sobre el lago de Lugano —encuentro con Hermann Hesse—. Se traslada a Dinamarca. Empieza *La ópera de perra gorda*, publicada —1943— en Amsterdam.

1934. *Los Horacios y los Curiáceos* es concebida en este año y será representada en 1958 en Halle. Se publica en París la segunda recopilación de versos: *Canciones, poesías, coros.*

1935. Interviene en el Congreso Internacional de Escritores para la Defensa de la Paz, en París. Se le priva de la ciudadanía alemana. Redacta el ensayo *Cinco dificultades para escribir la verdad,* también difundido clandestinamente en Alemania. Comienza *Terror y miseria del III Reich,* concluida en 1938 y estrenada el mismo año en París. Encuentro en Moscú con el actor chino Mei Lan-Fang (y quizá también con las teorías del crítico formalista ruso Viktor Sklovski), que ejerce una notoria influencia sobre su concepción del teatro, especialmente en lo que se refiere al «distanciamiento».

1936. Con Feuchtwanger y Willi Bredel dirige la revista «Das Wort» y colabora en «Internationale Literatur», de Moscú.

1937. En París escribe y hace representar —con la Weigel como protagonista— *Los fusiles de la madre Carrar,* inspirada en la guerra civil española.

1938. Comienza a elaborar *El alma buena de Sezuán* y *La vida de Galileo.*

1939. Empieza *Madre Coraje y sus hijos,* concluida —1941— en Zurich. En abril se traslada a Suiza y allí compone el radiograma *El interrogatorio de Lúculo,* convertido más tarde en ópera con música de Dassau y, con variaciones, representado en Berlín —1951—, forzosamente titulada *La condena de Lúculo.*

1940. En abril se refugia en Finlandia, ayudado por la escritora Hella Wuolijoki. Escribe *El señor Puntila y su criado Matti,* estrenado ocho años después en Zurich, e inicia *La resistible ascensión de Arturo Ui* y *Las visiones de Simone Machard,* ésta finalizada en América con la colaboración de Feuchtwanger. Ambas piezas fueron estrenadas —1958 y 1957— en Stuttgard y en Francfort.

1941. Abandona Finlandia y, a través de la URSS, se ampara en USA. Encuentros con la numerosa colonia alemana en el exilio. Conoce a Charlie Chaplin. Intenta ser guionista de cine en Hollywood. Y escribe *Schweyk en la segunda guerra mundial*, que se estrenaría en Varsovia en 1957.

1944-1945. Compone *El círculo de tiza caucasiano.*

1947. Testifica ante el Comité de actividades antinorteamericanas. Vuelve a Europa —Suiza—, donde adapta la *Antígona*, de Sófocles. Conoce a Max Frisch.

1948. Escribe *El pequeño Organon para el teatro*, sin duda su más madura e importante contribución teórica. En octubre resuelve trasladarse a Berlín (sector oriental).

Los años de la segunda estancia en Berlín: 1948-1956

1949. Reanuda la publicación de los *Versuche*, interrumpidos durante el exilio. El éxito de *Madre Coraje y sus hijos*, con la Weigel como protagonista, señalan el nacimiento del «Conjunto Berlinés». Concluye *Los días de la Comuna.*

1950. Es nombrado miembro de la Academia de las Artes. Reelabora para el «Conjunto Berlinés» *El preceptor*, de Lenz. Obtiene la ciudadanía austriaca.

1951. Recibe el premio nacional de primera clase. Redacta el *Informe de Herrnburg*, escenas con música de Paul Dessau y representadas por el Festival Mundial de la Juventud en Berlín. Imprime la recolección de versos *Cien poesías.*

1952. Inicia la redacción de *Coriolano*, de Shakespeare.

1953. Es elegido presidente del PEN-Zentrum. El 17 de junio envía una carta abierta a Ulbricht con motivo del levantamiento obrero del Berlín Este; habiéndose publicado únicamente la última frase, dirige a Ulbricht otra misiva el 21 de junio.

1954. Recibe el Premio Stalin. Participa con el «Conjunto Berlinés» en el Teatro de las Naciones de París, y *Madre Coraje* obtiene el primer premio.

1955. Reelabora *El oficial presentador*, de Farquhar, con el título *Tambores y trompetas.*

1956. Asiste al estreno de la *Opera de perra gorda* en el Piccolo Teatro de Milán. Y a los ensayos de *Galileo.* IV Congreso de los escritores alemanes. Carta abierta al Bundestag en contra del rearme de Alemania. Un infarto de miocardio le produce la muerte el 14 de agosto.

BIBLIOGRAFIA

1. LIBROS DE BRECHT TRADUCIDOS A IDIOMAS HISPANICOS

Lo esencial de la producción brechtiana figura en los XV tomos de su «Teatro completo», publicados por Ediciones Nueva Visión, de Buenos Aires, entre 1964 y 1972. Tras su imprescindible transcripción, irá la de obras publicadas en España, en castellano o catalán.

TEATRO

COLECCIÓN «TEATRO UNIVERSAL» (EDICIONES NUEVA VISIÓN)

I. *Schweyk en la segunda guerra mundial*
Galileo Galilei
II. *El círculo de tiza caucasiano*
La excepción y la regla
El proceso de Lucullus (1)
III. *Terror y miserias del Tercer Reich*
Los fusiles de la madre Carrar
Los Horacios y los Curiacios
IV. *El alma buena de Se-Chuan*
Madre Coraje y sus hijos

(1) En este caso, y en todos, respeto el título de la traducción argentina, aun cuando no coincida con el autorizado para su estreno —que fue *La condena de Lucullus*— o me incline por otros más certeros: *La ópera de perra gorda, En la jungla de las ciudades*, etc.

V. *La ópera de dos centavos*
Herr Puntilla y su sirviente Matti

VI. *La resistible ascensión de Arturo Ui*
Santa Juana de los mataderos

VII. *Un hombre es un hombre*
El cachorro de elefante
Las visiones de Simone Machard

VIII. *La madre*
Cabezas redondas y cabezas puntiagudas

IX. *Los días de la Comuna*
Apogeo y caída de la ciudad Mahagonny
El que dijo sí. El que dijo no

X. *Tambores en la noche*
En la espesura de las ciudades
Pieza didáctica de Baden-Baden

XI. *Baal*
El proceso de Juana de Arco
Don Juan

XII. *La vida de Eduardo II de Inglaterra*
Bombos y platillos

XIII. *El preceptor*
Antígona
Coriolano

XIV. Siete obras en un acto: *La boda - El mendigo o el perro muerto - Para ahuyentar al demonio - Lux in tenebris - La pesca - Dansen - ¿Cuánto cuesta el hierro?*

XV. *Turandot o el congreso de los intelectuales*
La panadería

Otras traducciones españolas

El acuerdo («Primer Acto», núm. 16).

El soplón y *Aria, hermana mía* («Primer Acto», n.° 46).

El círculo de tiza caucasiano —escena del juicio— («Primer Acto», núm. 64.)

La ópera de perra gorda. Aymá, S. A., editora. Barcelona. Colección «Voz Imagen», núm. 9.

L'ópera de tres rals. Quaderns de Teatre de la A. D. B., número 18. Editorial Fontanella, S. A. Barcelona.

Els afers del senyor Juli Cèsar. Edicions 62. Barcelona.

Madre Coraje y sus hijos (versión de Buero Vallejo). Escelicer. Colección «Teatro», núm. 560. Madrid.

La persona buena de Sezuán (versión de José Monleón y A. Moreno). Escelicer. Colección «Teatro», número 574.

Diálogos de fugitivos. EDICUSA. Madrid.

POESIA

Poemas y canciones (versión de Jesús López Pacheco sobre la traducción directa del alemán de Vicente Romano. Prólogo de José María Carandell). Editorial Horizonte, S. L. Madrid.

2. EDICIONES ALEMANAS

El Bertolt Brecht-Archiv de Berlín Este prepara, en colaboración con la Deutsche Akademie der Wissenschaten, una edición histórico-crítica de las obras de Brecht que se prevé constará de 60 volúmenes. En tanto, pueden consultarse:

— *Versuche,* fascículos 1-7, Kiepenheuer, Berlín, 1930-33 (reimpresos por Suhrkamp Verlag en 1959, con la adición del fascículo 8, que no pudo publicarse en 1933); fascículos 9-15, en 7 volúmenes, editados simultáneamente por Suhrkamp Verlag —Francfort del Main— y por Aufbau-Verlag —Berlín Este— (contiene trabajos teatrales, poesías, páginas narrativas y escritos teóricos).

— *Stücke,* 13 volúmenes, Francfort del Main y Berlín, 1953-1966, en edición paralela con variantes de alguna importancia a veces.

— *Geditchte,* 9 tomos (poesía).

— *Schriften zum Theater,* 7 tomos (escritos sobre el teatro).

— *Prosa*, 5 tomos (obras narrativas).

— *Schriften zur Literatur und Kunst*, 3 tomos —sólo dos en la edición de Berlín-Este— (escritos sobre el arte y la literatura).

Una indispensable integración de la obra dramática de Brecht y de sus estudios sobre el teatro se halla en el volumen colectivo *Theaterarbeit. 6 Aufführungen des Berliner Ensembles* (Dresde 1952 y ediciones posteriores).

3. LIBROS Y TRABAJOS SOBRE BRECHT CONSULTADOS

Los libros y artículos de revistas o diarios sobre Brecht y su teatro son tantos, que con la mención de los consultados para esta calicata habré ofrecido al lector indicios básicos para más amplias averiguaciones. La relación que sigue es parcial, pero suficiente:

RICARD SALVAT: *El teatre contemporani* (tomo II): *De Ionesco a Brecht*. Edicions 62, Barcelona, 1966. Collecció «Llibres a l'abast».

HANS EGON HOLTHUSEN: *Brecht (Versuch über Brecht)* R. Piper & Co. Verlag, Munich, 1961. Traducción de Nuria Petit. Editorial Seix Barral, S. A. Barcelona, 1962 (2.ª edición, 1966).

Varios autores: *Brecht*. Editorial Jorge Alvarez, S. A. Colección «Perfiles». Buenos Aires, 1967.

JACQUES DESUCHÉ: *La técnica teatral de Bertolt Brecht*. Ediciones Oikos-Tau. Barcelona, 1966. Traducción castellana, prólogo y notas adicionales de Ricard Salvat.

JUAN GUERRERO ZAMORA: *Historia del teatro contemporáneo* (tomo II). Juan Flors, editor. Barcelona, 1961.

ALFONSO SASTRE: *Anatomía del realismo*. Editorial Seix Barral, S. A. Barcelona, 1965.

FRANCISCO ZARCO Y FERNANDO ESPEJO: *Bertolt Brecht o un teatro de transposición.* Edición particular. Toledo, 1961.

ROLAND BARTHES: *Ensayos críticos.* Editorial Seix Barral, S. A. Barcelona, 1967. Traducción de Carlos Pujol.

GÜNTER GRASS: *Los plebeyos ensayan la rebelión.* Editorial Cuadernos para el Diálogo, S. A. Madrid, 1969. Traducción y prólogo de Heleno Saña Alcón.

JÜRGEN RÜHLE: *Literatura y revolución.* Luis de Caralt, editor. Barcelona, 1963. Versión española de Manuel Orta Manzano.

FERNANDO PONCE: *Brecht y la técnica de la distanciación.* Separata de la revista «Punta Europa». Madrid, 1967.

ANDRÉ GISELBRECHT: *Introducción a la obra de Bertolt Brecht.* Ediciones Siglo XX. Colección «Panorama», Buenos Aires, 1958. Traducción de Enrique Alonso.

SIEGFRIED MELCHINGER: *El teatro desde Bernard Shaw hasta Bertolt Brecht.* Compañía Fabril Editora, Sociedad Anónima. Buenos Aires, 1959. Traducción de José Pérez Ruiz.

BERNARD DORT: *Lectura de Brecht.* Editorial Seix Barral, S. A. Barcelona, 1973. Traducción de Juan Viñoly.

WALTER WEIDELI: *Bertolt Brecht.* Fondo de Cultura Económica. México, 1969. Traducción de José Fernández Valencia.

PAOLO CHIARINI: *Bertolt Brecht.* Ediciones Península. Barcelona, 1969. Traducción de Jesús López Pacheco.

JOHN WILLET: *El teatro de Bertolt Brecht. Teoría y práctica del teatro.* Compañía General Fabril Editora, S. A. Buenos Aires, 1963. Traducción de León Mirlas.

DOMINGO PÉREZ MINIK: *Teatro europeo contemporáneo. Su libertad y compromisos.* Ediciones Guadarrama, S. L. Madrid, 1961.

GEORGE USCATESCU: *Teatro occidental contemporáneo.* Ediciones Guadarrama, S. A. Madrid, 1968.

GONZALO TORRENTE BALLESTER: *Teatro español contemporáneo*. Ediciones Guadarrama, S. L. Madrid, 1957.

DICTINIO ALVAREZ: *Teatrofórum. Lectura del teatro moderno*. Editorial Razón y Fe, S. A. Madrid, 1965.

MARIANO S. LUQUE: Prólogo y traducción de *El alma buena de Sechuan*, incluida en el volumen *Teatro alemán contemporáneo*. Ediciones Aguilar. México, 1960.

RONALD GRAY: *Brecht*. Oliver and Boyd, Ltd. Edinburgh and London, 1961. Collection «Writers and Critics».

ANTONIO DE ZUBIAURRE: Revista «Mito», agosto-septiembre 1956. Bogotá (Colombia). Traducción del poema de Bert Brecht *A la posteridad*.

FERNANDO LÁZARO CARRETER: *Bertolt Brecht y el teatro épico*. «Boletín del Seminario de Derecho Político de la Universidad de Salamanca», 1957.

ALFONSO SASTRE: *Primeras notas para un encuentro con Bertolt Brecht*. «Primer Acto», núm. 13, marzo-abril 1960.

ALFONSO PASO: *Anouilh y Brecht*. «Primer Acto», número 16, septiembre-octubre, 1960.

JOSÉ MONLEÓN: *Testimonio de 4 representaciones brechtianas*. «Primer Acto», núm. 17, noviembre 1960.

MICHEL VINAVER: *Stanilavski y Brecht*. «Primer Acto», número 23, mayo 1961. (Una serie sobre *El fin y los medios del actor*, que, iniciada en el núm. 21 de la revista, finalizó en el núm. 24.)

ALBERTO DEL CASTILLO: *Brecht en las universidades norteamericanas*. «Primer Acto», núm. 35, junio-julio 1962.

YVAN DAVID: *Claudel, el cósmico, y Brecht, el universal*. «Primer Acto», núm. 43, 1963.

ALFONSO SASTRE: *¿Cómo era Bertolt Brecht?* «Primer Acto», núm. 46. Y en el mismo número: *Notas sobre Brecht*, de José Filipe, y *Una representación de Brecht en Chile*, de José María de Quinto.

BERTOLT BRECHT: *El teatro de Shakespeare* y *Una nueva forma de leer «Hamlet»*. «Primer Acto», número 53, junio 1964. Traducción de Cecilia Laverde. Y en el mismo número, *Coriolano*, de Bernard Dort.

ALFONSO SASTRE: *Teatro épico, teatro dramático, teatro de vanguardia.* «Primer Acto», núm. 61, 1965.

RICARD SALVAT: *Introducción a la generación teatral alemana de la segunda post-guerra.* «Primer Acto», número 62, 1965.

«Primer Acto», núm. 64. Monográfico dedicado al tema *Brecht en España,* inserta: *Etica del actor,* por JOSÉ M.ª DE QUINTO; *Piscator,* por RICARD SALVAT; *Seis puntos sobre el «arrangement» narrativo de Brecht,* por MANFRED WEKWETH, en traducción de Cecilia Laverde; *Alrededor del «Círculo de tiza»,* por ALFONSO SASTRE; *La empresa imposible (ante los primeros Brecht españoles),* por JOSÉ MONLEÓN; «*Die Dreigroschenoper» o la responsabilidad de introducir a Brecht en España,* por RICARD SALVAT, y «*El círculo de tiza caucasiano», por el Teatro Nacional Universitario,* por Joaquín Puig.

LUIS ORDAZ: *Brecht y Dürrenmatt.* «Primer Acto», número 66, 1965.

«Primer Acto», núm. 84. Monográfico sobre Brecht. Publica: *Apostillas a una versión de Brecht* —JOSÉ MONLEÓN—, y *De «La bona persona de Sezuan» a «La persona buena de Sezuán»* —RICARD SALVAT—, además del texto íntegro de *La persona buena de Sezuán,* en versión de MONLEÓN y MORENO.

«Primer Acto», núm. 86, 2.º monográfico sobre Brecht. Incluye: *Cronología,* de Escuela de Arte Dramático Adriá Gual; *El pequeño organón,* de BERTOLT BRECHT; *Brecht, poeta,* de JESÚS LÓPEZ PACHECO; *Presentación de Brecht, dramaturgo,* de FELIU FORMOSA; *La excepción y la regla,* de B. BRECHT, y *Los objetivos de la crítica brechtiana,* de ROLAND BARTHES.

DOMENEC FONT: *Brecht es Brecht* (comentario a tres obras de Brecht representadas en Barcelona: *El señor Puntilla y su criado Matti, El proceso de Lucullus* —en Barcelona, *Proceso...*; en Berlín Este, *Condena...*— y *Sermons domestics*). «Primer Acto», número 154, 1973.

FRANCISCO NIEVA: *La estética moderna y las nuevas tendencias del teatro* (concluye con la aportación de Brecht a la vanguardia teatral). «Primer Acto», número 107, 1969.

FRANCISCO NELO: *El «Berliner Ensemble» en Londres.* «Primer Acto», núm. 76, 1966. Y en el mismo número de la revista: HANS EGON HOLTHUSEN: *El teatro didáctico de Brecht,* más el texto de *El que dice sí. El que dice no,* obra didáctica de Brecht.

JOSÉ MONLEÓN: *Del teatro alemán y de un seminario sobre el expresionismo* y *Brech 71 —una entrevista con Hans Mayer.* «Primer Acto», núm. 131. Abril 1971.

HELMUTH KARASEK: *Brecht y el teatro alemán contemporáneo.* «Primer Acto», número citado anteriormente.

RICARD SALVAT: *Amb el creador del teatre èpic: Erwin Piscator.* Revista «Serra d'Or», julio 1964.

ARTURO LAZZARI: *L'ópera de quatre sous: la fábula y el éxito.* «Yorick», núm. 2, 1965.

ENRIQUE SORDO: *La ópera de tres peniques.* «Yorick», número 2.

GONZALO PÉREZ DE OLAGUER: *Crítica de «El señor Puntila y su criado Matti.* «Yorick», núms. 57-58, 1973.

«Primer Acto», n.º 156, mayo de 1973. Conmemorativo de los 75 años del nacimiento de Brecht. Publica: Texto de *La boda de los pequeños burgueses,* según la versión estrenada en Madrid por «Los Goliardos»; encuesta en la que participan José Luis Alonso, Antonio Buero, José Monleón, Ricard Saluat y Alfonso Sastre; y artículos de A. Carlos Isasi, M. Pérez Coterillo, «Los Goliardos» y Angel Facio.

J. A. HORMIGÓN: *Meyerhold. Textos teóricos.* Volumen 1. (Introducción y selección. Alberto Corazón, editor. Madrid.

INDICE DE NOMBRES

INDICE GENERAL

Págs.

TITULOS PUBLICADOS EN ESTA COLECCION

Precio del ejemplar: 60 ptas.

1. ANTONIO MACHADO, por *José Gerardo Manrique de Lara.*
2. VALLE-INCLÁN, por *Francisco Umbral.*
3. RAMÓN GÓMEZ DE LA SERNA, por *Fernando Ponce.*
4. DOSTOIEVSKY, por *Luis de Castresana.*
5. MENÉNDEZ PIDAL, por *Carmen Conde.*
6. AZORÍN, por *Mariano Tudela.*
7. BENAVENTE, por *Julio Mathías.*
8. T. S. ELIOT, por *Northrop Frye.*
9. LARRA, por *Mauro Muñiz.*
10. GARCÍA LORCA, por *Manuel Vicent.*
11. OSCAR WILDE, por *J. A. G. Blázquez.*
12. JARDIEL PONCELA, por *Rafael Flórez.*
13. MARCEL PROUST, por *J. A. Vizcaíno.*
14. GERARDO DIEGO, por *José Gerardo Manrique de Lara.*
15. PUSHKIN, por *Antonio J. Onieva.*
16. BÉCQUER, por *Carlos Barbáchano.*
17. BECKETT, por *Fernando Ponce.*
18. UNAMUNO, por *Manuel Villamor.*
19. JOAN MARAGALL, por *Jorge Ferrer-Vidal Turull.*
20. PEDRO ANTONIO DE ALARCÓN, por *Armando Ocano.*
21. ALBERT CAMUS, por *Alfonso Palomares.*
22. CAMILO JOSÉ CELA, por *Mariano Tudela.*
23. GABRIEL MARCEL, por *Feliciano Blázquez Carmona.*
24. ECHEGARAY, por *Julio Mathías.*
25. TAGORE, por *Emilio Gascó Contell.*
26. VICENTE ALEIXANDRE, por *Leopoldo de Luis.*
27. * 1-P. NARRATIVA ESPAÑOLA, 1940-70, por *Rodrigo Rubio.*
28. * 2-P. EL MUNDO NEGRO, por *José Gerardo Manrique de Lara.*
29. MAIAKOVSKI, por *José Hesse.*
30. D'ORS, por *Rafael Flórez.*
31. PAPINI, por *Jaime de la Fuente.*
32. ORTEGA Y GASSET, por *Emiliano Aguado.*
33. G. DÍAZ-PLAJA, por *José Cruset.*
34. NERUDA, por *Angelina Gatell.*
35. DELIBES, por *Francisco Umbral.*
36. SCOTT FITZGERALD, por *K. G. W. Cross.*
37. GABRIELA MISTRAL, por *Carmen Conde.*
38. NAZIM HIKMET, por *Solimán Salom.*
39. BLASCO IBÁÑEZ, por *Mauricio Xandró.*
40. ANGEL M.ª DE LERA, por *Antonio R. de las Heras.*

* *Serie* PANORAMAS.

41. Solana, por *A. M. Campoy.*
42. José Luis Hidalgo, por *Obdulia Guerrero.*
43. Alfonso Paso, por *Julio Mathías.*
44. Ganivet, por *Norberto Carrasco.*
45. Selma Lagerlöf, por *Dolores Medio.*
46. Pío Baroja, por *Eduardo Tijeras.*
47. * 3-P. Narrativa francesa, por *Jacinto-Luis Guereña.*
48. Aldous Huxley, por *José Angel Juanes.*
49. Ana M.ª Matute, por *Rosa Romá.*
50. Lord Byron, por *José Luis Blanco.*
51. L. F. de Moratín, por *Leandro Conesa Cánovas.*
52. Jorge Luis Borges, por *Marcos Ricardo Barnatán*
53. Edgar Allan Poe, por *Armando Ocano.*
54. Hemingway, por *Stewart Sanderson.*
55. Duque de Rivas, por *Luis López Anglada.*
56. James Joyce, por *Manuel Arturo Vargas.*
57. Pedro Salinas, por *José Vila Selma.*
58. Miguel Mihura, por *Fernando Ponce.*
59. Curzio Malaparte, por *Mariano Tudela.*
60. Ignacio Aldecoa, por *M. García Viñó.*
61. Lautréamont, por *Miguel Bayón.*
62. Juan Valera, por *Luis Jiménez Martos.*
63. Cesare Pavese, por *Julio M. de la Rosa.*
64. * 4-P. Teatro español contemporáneo, por *L. Rodríguez Alcalde.*
65. * 5-P. Poesía española de testimonio (I), por *José Gerardo Manrique de Lara.*
66. * 6-P. Poetas sociales españoles (II), por *José Gerardo Manrique de Lara.*
67. Emmanuel Mounier, por *Feliciano Blázquez.*
68. Buero Vallejo, por *Julio Mathías.*
69. Goethe, por *Luis Aguirre Prado.*
70. Ibsen, por *G. Wilson Knight.*
71. Pemán, por *Emilio Gascó Contell.*
72. Jorge Guillén, por *Joaquín Caro Romero.*
73. Pedro de Lorenzo, por *Santiago Castelo.*
74. Ramón Solís, por *Manuel Ríos Ruiz.*
75. Concha Espina, por *Alicia Canales.*
76. Gabriel Miró, por *Teresa Barbero.*
77. François Mauriac, por *Jacques Robichon.*
78. Bernanos, por *Jacinto-Luis Guereña.*
79. Ionesco, por *Francisco Javier Hernández.*

PROXIMOS TITULOS

Walt Whitman, por *Jesús Pardo.*

* *Serie* panoramas.